大展好書　好書大展
品嘗好書　冠群可期

飛天二十面相

江戸川亂步

皇冠文化出版社

目錄

飛天二十面相

飛天二十面相

少年偵探㉕

飛天二十面相

江戸川亂步

R彗星

最早發現這個奇怪彗星的是，英國的天文學家。這個彗星和以往熟知的彗星不同，十分的詭異。

彷彿天空中迷路的星星一般，拖著長長發亮的白色光尾。而光尾就好像螺絲似的捲成一圈。光螺絲前端形成粗環，繞著整個彗星。

當這個彗星被發現時，望遠鏡照片立刻刊載在全世界的報紙上，引起極大的騷動。各國的天文學家紛紛用大型望遠鏡觀察這個彗星。

這個彗星是和普通彗星截然不同的奇妙星星。彗星的形成，原因不明，但通常是小顆粒聚集而成的光團。

然而，這次卻和通常所出現的顆粒集合體不同。一個小星星的背後拖著螺絲光尾，在天空中飛翔著。

由於狀似彗星，所以，這個奇怪的星星被命名為R彗星。是以最早發現它的學者的名字開頭字母來命名。

不久，R彗星已經來到肉眼可以看見的距離了。穿梭在天際，如螺絲般的光尾看起來是圓的。

夜晚時分，東京、紐約、倫敦、巴黎、莫斯科等世界各地的人抬頭仰望星空，都可以看到那個可怕的彗星，所以，人人心懷恐懼的在那兒竊竊私語著。

甚至有些可怕的傳言甚囂塵上。

聽說R彗星朝地球衝了過來，可能會衝入地球軌道，引起大撞擊，導致地球解體。就在某國的天文學家提出這種說法之後，也有許多天文學家紛紛表示贊同。

各國天文學家拚命計算R彗星的軌道。有的人說會撞擊地球，有的人則說不會。各持己見，引起激烈的爭辯。

全世界陷入一陣恐慌中。萬一真的引起大撞擊，地球將會被撞成碎片，這根本不是核武戰爭可以比擬的。如果是核武戰爭，那麼，只要挖掘極深的地洞就可以躲避，但是，彗星的大撞擊，卻沒有任何阻止的方法。一旦地球大爆炸，人類、動物和植物全都會在瞬間煙消雲散。

到底彗星是否會撞地球的爭論，在天文學家之間愈演愈烈。不只是天文學家，平常兩個人相遇時，就會開始討論這個問題。世界各地的人分為撞擊派與不會撞擊派兩派，每天爭吵不休。

如果彗星真的撞地球，那麼，將會引發相當嚴重的事態。一旦認為大家都會死亡，則沒有人願意工作，工廠的機械無法運作。沒有人去上學，法官和警察也不工作。每個人都做自己想做的事情，拚命玩樂。盜賊橫行，想要什麼就去搶，想吃什麼就去吃，甚至連警察也可能加入他們的行列。社會失序，全世界就真的變成末日。

膽小的人根本沒有勇氣活到大撞擊發生的時刻，可能會自殺。各地將陸續出現自殺者。

所幸事情還沒到達這麼嚴重的地步。世界上一半以上的天文學家都主張彗星不會撞地球。其中甚至有堪稱天文學權威的偉大學者也持相同的意見，使得大家稍微放心。因此，世界末日的亂象並沒有發生。

不過，還是出現其他的傳聞。

某國天文學家的慎重聲明，在世界各地的報紙、電視、電台等大肆宣揚。他說，R彗星的軌道有點奇怪，並非按照天文學上的法則運行。難道它是會自己航行的巨大太空船嗎？

難道是遙遠的星球棲息著非常進步的生物，乘坐如彗星般巨大的太空船而繞行宇宙嗎？

如果真是如此，那麼，以R彗星的大小來看，在那艘太空船上，應該搭載了數以萬計的生物，於空中形成小型都市。

也許他們知道地球上有進步的人類這種生物，所以朝地球前進，想

來參觀呢！

若是這種情況，就不會發生大撞擊。但是相反的，不知道會有什麼可怕的生物來到地球。若對方想征服地球，那麼，事情就不妙了。

各國的天文台利用強力電波，朝R彗星發出通訊。如果上面有搭載生物，應該會有所回應。

然而，卻沒有收到任何回答。可能是不懂彼此的語言，無法解讀訊息所致。於是使用各種方法，嘗試與對方通訊，最後仍是一無斬獲。

蘇聯（蘇維埃社會主義共和國聯邦的簡稱，一九九一年解體，分為俄羅斯聯邦等十五個國家）甚至和美國計畫發射人造衛星，希望能夠藉此和R彗星進行通訊。

就在發生這些事的同時，R彗星以詭異的姿態，逐漸的朝地球逼近。入夜時，只見可怕的巨大R彗星高掛天空。白天則只要抬頭，也可以看見R彗星的蹤影。

螃蟹怪人

在這種情況下，有一天晚上，千葉縣銚子附近的S小漁村，發生了怪異的事情。

凌晨三點，漁夫們都還沒有起床的時刻，海上傳來可怕的聲音。

漁村的居民全都驚醒，但卻不知道是什麼聲音。曾經搭乘軍艦參與戰爭的老人說，聽起來好像大砲彈掉落海面爆炸的聲音，可是現在並沒有砲彈呀！

早上，開船出去一探究竟，結果發現距離海岸一公里處的海面，被染成一片紅黑色的汙濁狀態，看來確實有東西掉在這裡。

不過，因為海很深，無法得知到底是什麼東西，一時沒有頭緒，有可能是大隕石掉落下來。

別所次郎是S町漁夫的孩子，就讀小學六年級。早上四點，父親和哥哥乘船出海捕魚，所以次郎也很早起床。一大早，就到村落盡頭的石頭山上觀看旭日東升，這是他最大的樂趣。就在那可怕的聲音出現的第二天早上，次郎一如往常的爬上石頭山，眺望著太平洋的水平線。

水平線上，連綿不斷的雲被染成紅色，太陽正緩緩升起。

金色的太陽，從雲端探出頭，愈來愈大。不久，圓圓的身影終於出現，四周頓時一片明亮。

頭頂上，依稀可以看到R彗星高掛空中。原本還看得很清楚，但在陽光的照耀下，愈來愈模糊。

俯看石頭山的懸崖下，只聽見波浪拍岸的咚咚隆、咚咚隆的聲響，濺起白色的水花。

這時，突然發現石頭山下有東西在那兒移動著。

「奇怪，岩石怎麼可能會動呢？」

仔細一看，赫然發現許多螃蟹正沿著岩石爬上來。大小不一，數十隻螃蟹魚貫而來。

次郎還是頭一次看到這麼多螃蟹一起出動，蠕動著八隻腳往上爬。心裡湧現不祥的預感，恐懼不已。

很快的，螃蟹就爬到石頭山上，來到次郎的腳邊。

就在這時，次郎在石頭山下的海面上看到奇怪的東西。原來許多隻螃蟹的出現真的是一種徵兆。啊！海面上突然出現藍黑色的身影。

彷彿青銅色的大海龜一般。

等到影子愈來愈清楚之後，發現在藍黑色的龜殼下，竟然看到兩個閃耀著金色光芒的圓形物體，就像黃色燈泡似的。啊！是眼睛，是妖怪的兩隻眼睛。

次郎「哇」的大叫一聲，拔腿就跑。從石頭山上跑下來，倉皇的跑進附近的森林中，因為那是回家的捷徑。

這時，妖怪的身體已經完全露出海面，頭是巨大的螃蟹形，兩個眼睛閃閃發亮。頭下方的胸部，伸出兩隻長長的螃蟹螯，甚至立起兩條腿走路。全身呈藍黑色，好像青銅打造的一樣。

妖怪以驚人的速度爬上石頭山。但發現次郎逃往森林之後，突然用四肢爬行，在後面追趕。速度非常的快，巨大的螃蟹，就像在捕捉獵物似的。

逃到森林中的次郎，猛回頭一看。啊！妖怪竟然以驚人的速度朝自己追趕而來。

跑得上氣不接下氣的次郎，嚇得雙腿發軟而無法動彈，膝蓋不停的發抖。

「你是人嗎？」

耳邊傳來怪異的聲音，詢問「你是人嗎」。妖怪不只會說話，還問「你是人嗎」這麼奇怪的話。

次郎張開緊閉的雙眼，看到藍黑色螃蟹妖怪就站在面前。

詭異的眼睛迸射黃色的光芒，似乎不是要上前抓住次郎，而且還問「你是人嗎」，所以，次郎倒反而覺得安心。

「你是人嗎？」

藍黑色妖怪再次問道。

雖然覺得愚蠢，但卻不能不回答。

「是的，我是人。」

次郎鼓起勇氣，大聲的回答。

「這是地球的日本嗎？」

好像在說地球的日本。怎麼有這麼奇怪的問題呢？

「沒錯，是日本。」

「是東京嗎？」

「不是，離東京還很遠呢！」

接著，螃蟹妖怪不知從哪兒掏出一張銀色發亮的紙，擺在胸前可以放這張紙的地方。

紙上畫著日本地圖，地圖上寫著一些小字。那些字全都是以前沒見過的，次郎根本看不懂。

「這是哪裡？」

螃蟹妖怪將地圖攤開在次郎的眼前，問道。

知道對方沒有惡意之後，次郎放心的看地圖，用手指著銚子。

「銚子？那麼東京在這裡嗎？」

怪人用大螯指著地圖上東京的位置。

「是的。」

聽他這麼說，怪人用力點了點大的螃蟹頭，打算離去。

由於次郎已經不再害怕，所以叫住怪人。

「等等，你到底是誰？」

「誰？」

怪人閃耀黃色光芒的兩隻眼睛，瞪著次郎。

「你從哪裡來的？」

「從那裡。」

怪人用長著大螯的手指向空中，正好指著R彗星的方向。

「地球人把它叫做R彗星，我是從R彗星來的。我的名字就是R。」

怪人用大螯在地上寫R這個字。

「這不是日本字，是英文字母。」

怪人所寫的R，字形非常的奇特。上面圓形的部分，突出有如螃蟹殼，和螃蟹怪人的頭一模一樣。R下面的兩隻腳，就好像螃蟹怪人的兩條腿。似乎是故意要表現出自己的樣子而採用這樣的寫法。

「R彗星，還有很多像你一樣的生物嗎？」

「當然有很多。但那不是彗星，而是宇宙的交通工具，來自遙遠的

星球。我降落在日本，其他的則降落在英國、美國、蘇聯。」

原來真的是太空船。而搭載螃蟹怪人如火箭般的交通工具，從太空船發射出來，登陸地球。半夜可怕的聲響，應該就是那個像火箭般的東西掉落到海裡的聲音。

不過，次郎還是有很多不明白之處。

「來自遙遠星球的生物，為什麼會說日本話呢？」

彷彿在詢問老師的口吻似的問道。

「我會說日文、英文、俄文等任何語言。我的星球將宇宙的事情調查的一清二楚。我們比地球人聰明一百倍，能做地球人做不到的事情。你看這張地圖，這也是來自於我的星球。」

次郎大吃一驚。那個遙遠的星球，已經將地球的事全都調查完畢，甚至製作日本地圖，會說日文、英文、俄文等，彷彿具有神一般的智慧似的。

廣大的宇宙中，竟然有如此進步的生物，真是令人驚訝。而且似乎全都像這個螃蟹妖怪一樣有醜陋的外貌，但其智慧卻是地球上任何一個學者望塵莫及的。

「你來日本做什麼?你想見誰嗎?」

次郎心想，萬一這麼聰明的傢伙想征服地球，後果就不堪設想了，所以詢問道。

「我知道日本是個美術王國，所以，想來收集這裡的美術品，還想帶人回去。」

「咦!你想偷走這些東西嗎?不過，日本的警察絕對不會讓你為非作歹的。」

「我當然知道這是偷竊的行為，我就是要偷東西。我才不怕警察，我比他們聰明一百倍。」

對方大言不慚的揚言要盜取美術品。這麼有智慧的怪物，偷竊東西

對他而言根本是輕而易舉的事。

次郎心想：

「大事不妙了，一定要趕緊通知學校的老師。」

「不可以告訴任何人關於我的事，知道嗎？如果你敢說出去，我就會把你帶回我的星球。」

藏在螃蟹怪人扁平蟹殼深處的喉嚨，發出咯咯的笑聲。轉眼間，他又用四肢爬行，以驚人的速度，朝著石頭山跑去。次郎則呆呆的目送他那可怕的身影離去。不久，怪物的身影消失在石頭山的彼端。

也許螃蟹怪人打算回到海底，乘坐如火箭般的交通工具，再前往東京港吧！既然擁有如此先進的智慧，那麼，火箭可能可以當成潛航艇（鑽進海中的小型潛艇）使用。

次郎恍如置身夢中。這是真的嗎？難道他還在睡覺、正在做夢嗎？雖然半信半疑，但確實不是做夢，於是立刻跑去學校通知老師。看到老師在校園出現時——

「老師，糟糕了！」

次郎氣喘如牛，說著螃蟹怪人的事情。

「哇哈哈哈……，你在胡說些什麼，還在做夢啊！怎麼可能發生這種事情呢？」

老師根本不予理會。

「看來我真的在做夢。」

次郎也失去了自信。

古山博士

一名新聞記者得知這件事，前來詢問別所次郎。問了許多問題，認為他沒有說謊。她是東京每朝新聞銚子分社的記者，於是立刻寫了一篇

詳盡的報導送回總社。這則報導大篇幅的刊載在每朝新聞上，甚至還刊出別所次郎畫的怪物的寫生圖。

因此，螃蟹怪人R震驚全東京，不，應該說是全日本。無論走到哪兒，都可以聽到螃蟹怪人的傳說。連在海鮮店裡看到螃蟹，都令人毛骨悚然，甚至乾脆不買螃蟹。

有一天，在港區的古山博士家，發生了怪事。

古山文學博士是岩谷美術館的館長。該美術館是一位名叫岩谷的富翁出資建造的，只有五間陳列室。雖然是小型的美術館，但卻收藏著珍貴的美術品，尤其佛像室裡，陳列了從奈良時代到鎌倉時代的國寶及重要美術品。

古山博士是古典美術研究的權威，三年前開始擔任美術館的館長。位於港區的美術館，距離博士家只有一公里遠。

博士的家人包括妻子、獨子古山忠雄、書生（寄居他人家中幫傭的讀書人）及傭人，總共五人。

忠雄就讀小學六年級，是以名偵探明智小五郎的助手小林少年為團長的少年偵探團的團員。

這一天，古山博士很早就從美術館回家了。下午四點時，準備走進書房，同時大聲的叫著忠雄。

「爸爸，什麼事啊？」

忠雄趕緊跑到書房裡，看到父親站在桌前，抬頭看著前方。

「這是你寫的嗎？」

桌上攤開著父親大型的日記本，裡面寫滿像字又像圖畫的R字。定睛一看，忠雄突然大叫。

「啊！連這裡也……爸爸，我的筆記本上也畫著同樣的怪字耶！」

忠雄立刻跑出去，從自己的房間拿了一本大學的筆記本回來。筆記

本上滿滿的一頁也畫著怪字。

兩人面面相覷。忠雄臉色蒼白，輕聲說道：

「爸爸，這是不是英文的R？」

「嗯，應該是R。但是，這兩個圓圈是什麼啊？」

「是眼睛。」

「咦！眼睛？」

「螃蟹怪人的眼睛呀！他的名字是R，就是從R彗星來到這裡的傢伙。」

「你在胡說什麼，怎麼可能……」

「可是報紙上不是這麼寫的嗎？螃蟹怪人說自己叫做R，而且還在地上寫R這個字。這個R和螃蟹怪人的外表很像，一定就是那傢伙。」

「因為你加入少年偵探團，所以才有這樣的想法。要如此惡作劇，怪物必須偷偷的溜進我們家才行，他怎麼可能辦到呢？我想，一定是有人在惡作劇，絕對不是螃蟹怪人。可能是你的朋友吧！之前他們有到家裡來玩嗎？」

「我的朋友才不會這樣惡作劇呢！爸爸，那傢伙也許是想偷走『推古佛』，也就是擺在書庫裡的推古佛。真的沒問題嗎？」

推古佛是高二十公分的小佛像，是七世紀時的作品，十分珍貴。這是從某個富翁那兒借來陳列在岩谷美術館的展覽品。博士小心翼翼的將其放在書庫中。

「爸爸才剛從書庫裡出來，推古佛還擺在架子上呢！像平常一樣上鎖，窗戶是鐵窗，而且是水泥牆，即使是怪物，也無法打破書庫……。不，你太多心了。如果怪物在附近徘徊，那麼，家裡或街上一定會有人發現。報紙上刊載，只有漁夫的孩子看過，根本不足為信。」

然而，忠雄還是無法安心。他認為那傢伙一定是躲在某個地方。想到報紙上那個有螃蟹頭的妖怪就在附近，就不禁毛骨悚然。

來自土中

過了一會兒，忠雄還是很擔心，於是走進裡面的書庫巡視。

書庫位於距離正房稍遠的庭院中，是用水泥建造的倉庫。忠雄穿著鞋子來到書庫前，檢查一下鎖，發現並沒有異狀。

「大概真的就像爸爸所說的。如果有那麼多時間可以惡作劇的話，倒不如直接進入書庫中偷走推古佛就好了。但是，R怪人並沒有把鎖敲壞啊！」

忠雄想到這裡，目光移向庭院，這時，突然看到奇怪的東西，不禁「哇」的大叫一聲。

已經黃昏，四周有點昏暗。庭院後方的樹下地面似乎有東西在那兒移動著。

「奇怪，土應該不會動啊！難道是地鼠嗎？」

好奇的走近查看。由於樹木十分茂密，所以，周圍非常的暗。黑暗中的地面，確實有很多東西在那兒移動著。

原來是螃蟹。大小不一，數十隻螃蟹排成一列，朝這兒走了過來。

忠雄不禁嚇了一跳，突然想起報紙上的報導。在R怪人從海中出現之前，也有許多螃蟹爬上岩石。

在街上不可能有這麼多的螃蟹。這些螃蟹，應該是和R怪人不知道從哪兒一起過來的。

忠雄大吃一驚，想要拔腿就跑。但在逃走之前，卻發生了怪事。

在螃蟹前進的地面，依稀有東西在移動著。心想，這次應該是地鼠了吧！

土突然裂開，從下方鑽出黑色的東西來。

裂開的洞並不大，但是，鑽出來的東西卻是龐然大物。不是地鼠，

而是比地鼠大上數十倍的怪物。

黑色的殼、彷彿大海龜般的東西，鑽出來後，突然出現兩個圓圓的東西，好像眼睛一樣，閃耀著光芒。

啊！眼睛，是螃蟹怪人的眼睛。

「哇，救命啊！」

忠雄大叫，拔腿就跑，跑進了屋內。

「爸爸、爸爸，不好了！那傢伙、那傢伙……」

古山博士和書生都驚惶的跑了過來。

「怎麼回事，忠雄？」

「那傢伙，螃蟹怪人，從土中……」

忠雄上氣不接下氣的用手指著庭院。

「咦，螃蟹怪人，真的嗎？」

「就像地鼠一樣從土中鑽了出來，現在就朝這兒過來了。」

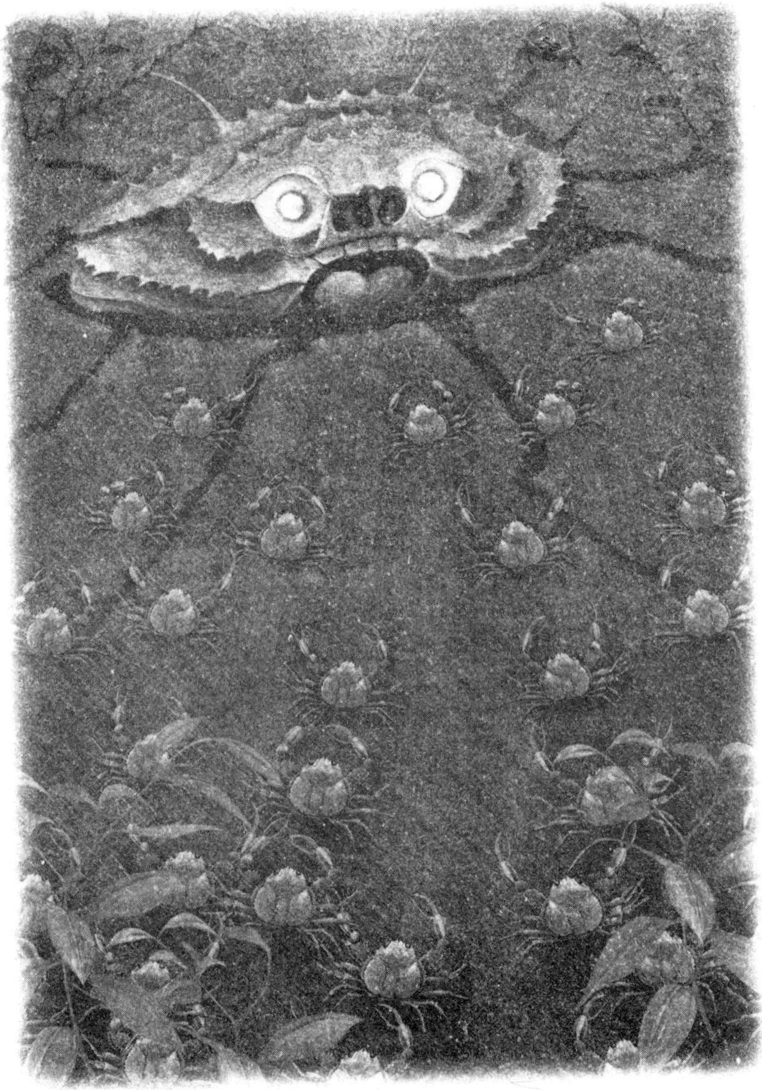

博士立刻吩咐書生。

「快拿手電筒去瞧瞧。」

書生趕緊拿出手電筒，兩人穿上擺在走廊上的拖鞋，跑向庭院。

「忠雄，在哪裡啊？」

忠雄跟在兩人身後來到庭院，但卻沒有勇氣走向螃蟹出現的場所。只是用手指著，口中叫道「那裡、那裡」。

博士和書生朝著忠雄所指的方向前進，用手電筒照向四周，但是什麼也沒發現。

「忠雄，你看，什麼都沒有呀！」

忠雄畏畏縮縮的朝那兒靠近。

「咦，奇怪，明明就在這裡啊！」

那麼多的螃蟹到底去哪裡了？看不到半隻，而且螃蟹怪人也消失得無影無蹤。

「你是不是眼花啦？」

博士苦笑道。

忠雄瞪大眼睛尋視著地面，突然大叫道：

「爸爸，你看，那個……」

地面上真的有一個大洞。用手電筒一照，發現洞穴深達兩公尺，下方似乎還連接著其他洞穴。

看來的確有某種東西通過地底，從這兒鑽出來。

「嗯，可能是地鼠，真大隻啊！但這也沒什麼嘛……」

博士根本不相信忠雄所說的話。

三人搜遍庭院各個角落，但卻沒有發現怪物。

原想會不會進入家中，結果還是沒有任何的發現。

不過，既然發生這種事情，也就不能放任不管。博士立刻打電話通知警察，由認識的署長派遣刑警前來監視。

消失的怪人

不久之後，三名刑警趕到現場。一人站在書庫前，另外兩人則在庭院和住家周圍巡邏，徹夜監視著。

家人當然也嚇得睡不著。古山博士甚至半夜下床好幾次，拿著手電筒到書房去檢查。

很快的就天亮了。刑警們吃完早餐後，和三名新來的刑警交班，白天繼續留守。

這天是星期天，博士和忠雄都待在家中。

什麼事也沒有發生。

昨天應該是忠雄看錯了，可能是因為過於害怕而眼花了吧！忠雄也覺得昨天遇到的事好像在做夢似的。

傍晚五點，忠雄去上廁所，透過玻璃窗看著對面。從廁所可以看到書庫的正面。

一名刑警坐在書庫入口前的椅子上。

「咦！那是什麼？」

書庫前方的地面，似乎有東西亂哄哄地移動著。是螃蟹。

數十隻大小不一的螃蟹排成一列，朝著書庫前進。

「啊，螃蟹怪人！」

如青銅打造的怪人身影，走在一列螃蟹的後面。

忠雄頭一次看見怪人的全身。

和蟹殼一模一樣的頭，頭上伸出兩隻如天線般的物體，每次走路就會搖晃著。

巨大蟹殼下方有兩個可怕的發亮眼珠，以及兩隻像蟹螯的手臂。螃

蟹的腹部有軀幹，下方則連接帶有爪子的蟹腳。

模樣極為醜陋。

只看一眼，就令人作嘔。實在是太難看了！

然而，刑警根本就沒有發現。

只要打開窗戶大叫就好了，但是，忠雄卻覺得喉嚨好像有東西塞住一樣，發不出聲音來。

眼睛緊盯著怪物瞧，無法移開視線。

啊！怪物悄悄的接近刑警的身後，從胸前好像取出什麼東西，喔！它有如黑色圍巾般。

啊！他撲向刑警了。

如蟹螯般的手臂圈住刑警的脖子，並且用黑色的圍巾摀住他的嘴巴。

圍巾有兩條。就在怪物壓倒刑警後，用另一條圍巾綁住他的腳，讓他站不起來，也叫不出聲音來。

螃蟹怪人走近書庫的大門，拿起門上的大鎖，不知道用什麼方式，立刻就將鎖打開並推開大門。怪物迅速的鑽進門內並且將門關上。

看到這裡，忠雄終於能夠活動身體了。他趕緊跑出廁所，大叫著：

「大家快來呀！螃蟹怪人進入書庫裡了，刑警被綁住了，快……快來人啊……」

最先跑過來的是書生。他大聲叫喚在庭院內巡邏的另外兩名刑警。

兩名刑警立刻趕了過來，和書生跑向書庫。扶起倒臥在地的刑警，拿掉塞住嘴巴及綁住腿的圍巾。之前排成一列的螃蟹已經不知去向了。

「那傢伙在書庫裡嗎？」

「對，他才剛剛進去。大門關上之後，就沒有被打開過，應該還在裡面。」

「好，進去瞧瞧。」

「沒問題嗎？對方很可怕耶！」

「我們有四個人，而且還有手槍呢！」

刑警們掏出手槍。

「好了嗎？要開門囉！」

「好，一、二、三。」

大門砰的被撞開，四個人一起跳了進去。這時，古山博士也跟著進入書庫中。

書庫中，四面牆嵌著高達天花板的書架，正中央有一張大桌子。房內的擺設一目瞭然。

什麼都沒有，桌下空無一物，書架上也沒有可以藏匿怪物的地方。鐵窗也完好無缺，沒有遭到破壞。

「消失不見了。」

「你確定那傢伙進來了嗎？」

「絕對沒錯，而且我一直盯著大門瞧，大門一直都沒有被打開過。」

真是太不可思議了！大怪物竟然在沒有出口的地方消失得無影無蹤。難道R彗星人會使用地球人不懂的魔法嗎？

「啊，推古佛不見了！」

古山博士發現之後，大叫一聲。

「咦！原來是擺在哪裡呢？」

「就在那個架子空出來的地方，本來是放在那裡的。」

「啊！怪物和寶物一起消失了。」

接下來，大夥就在書庫裡仔細的搜尋很長的一段時間。搖晃鐵窗，連地板和天花板都逐一查看，檢查是否有什麼祕密出口。書架上的書也全都抽出來看，但卻沒有發現任何可疑之處。

「這是一個完完全全的密室。」

「不過，地球人認為的密室，對外星人而言也許不是密室。或許他有我們很難理解的脫逃方法。」

「果真是如此，那麼，這個傢伙應該很難對付喔！簡直就像妖怪或幽靈一樣。」

刑警們異口同聲的說道。似乎有點畏懼螃蟹怪人的魔力。

螃蟹怪爺爺

被稱為妖星人R或螃蟹怪人的怪物，溜進古山博士的書庫，盜走重要的美術品「推古佛」。

在堅固的水泥建造，並且鑲著鐵窗的書庫中，小的佛像和螃蟹怪人卻一起消失了。既然是來自不知名的外星生物，其擁有的力量我們當然不得而知。也許他能夠輕易的穿透水泥牆壁，或是具有隨時可以消失的神奇力量。

入夜之後，空中可疑的R彗星依然綻放奇怪的紅光。新聞媒體上暫時稱它為R彗星。

不過，它和彗星不同，是神祕的天體，連天文學家們也議論紛紛。每天的報紙都會大篇幅的報導相關消息。

從海中出現的螃蟹怪人，對千葉的別所少年說了一些奇怪的話。他說R彗星是怪星人環繞宇宙的巨大交通工具。這是真的嗎？

古山博士家發生竊盜事件，當然也刊載在報紙上，全日本都在討論這件事。

如果妖星真的有大型的交通工具，那麼，上面可能搭載著數百隻、數千隻的螃蟹怪人。雖然出現在東京的只有一隻，但是，可疑的螃蟹怪人可能會在日本各地登陸，摧毀所有的人。

想到此處，日本人民都心生不安。

有一天，在明智偵探事務所，明智偵探和助手小林少年坐在桌前閒聊。

「古山博士的兒子忠雄是少年偵探團的團員，所以，我從忠雄那裡聽到事件的詳細始末。螃蟹怪人似乎做了人力無法辦到的事情，難道他真的具有地球人所不知道的可怕力量嗎？」

當小林詢問時，一直盯著小林的臉看的明智偵探，終於露出奇妙的微笑。

「我不相信。」

斬釘截鐵的說道。

小林覺得很不可思議似的看著老師。

「出現具有螺絲狀尾巴的彗星，這是大家親眼目睹的事實，這就交給天文學家去解釋吧！不過，我根本不相信螃蟹怪人這傢伙搭乘如火箭般的交通工具，登陸了地球。我認為，怪彗星和螃蟹怪人之間，沒有任何關係。」

「這是什麼意思呢？」

小林訝異的詢問明智偵探。

「你很快就會知道了。對偵探工作而言，這是一件大事。我們必須善加利用自己的力量，當然，你也要好好的努力喔！妖星人R這個螃蟹怪人，是我們以往從未見過的可怕傢伙。從這個意義來看，他確實是妖星人。」

小林還是不了解話中的含意，但是，再怎麼詢問，老師都不願意多說。然而，他似乎有些明白老師的意思。眼前彷彿出現那個模樣醜陋、好像螃蟹妖怪般的怪物。

後來，小林少年果真遇到了螃蟹怪人。不過，那是以後的事了。繼古山忠雄少年之後，遇見螃蟹怪人的，則是少年偵探團團員井上一郎。

井上跟隨原本是拳擊手的父親學習拳擊，是一名強壯的少年。

有一天下午，井上走在涉谷區盡頭寂靜的巷道裡，突然發現有人聚集在路邊長滿雜草的空地上。

群聚在空地上的都是一些中、小學生。十五、六人不知道圍著什麼東西在那兒瞧著。

井上好奇的走近，視線越過其他人肩上的縫隙往裡面看。

少年們圍繞著一位正蹲在地上的可怕老爺爺。他的前方放著白鐵皮做成的鐵桶，旁邊則擺著一枝棒子。

老爺爺用繩子將鐵桶綁在棒子的兩端，將桶子扛到這兒來。

白鐵桶中有數百隻大小不一的螃蟹在蠕動著，原來老爺爺是賣螃蟹的人。

然而，沒有任何一名少年買螃蟹，他們只是瞪大眼睛，一直看著老爺爺。

老爺爺的臉看起來確實很可怕。

彎腰駝背，年紀約七十歲的老爺爺，穿著灰色寬鬆的褲子。襯衫外罩棉製的長坎肩，頭上則戴著財神兜帽（有如佛教財神所戴的周圍膨脹的圓形短帽）。

身穿棉製長坎肩，戴著財神兜帽，看似富有的老爺爺。但事實上卻不是如此。他的棉製長坎肩和財神兜帽都很髒，分不清到底是紅色還是黑色。

而且老爺爺長得極為可怕。

額頭上有數不清的橫紋，擁有會瞪人的眼睛和塌鼻子。好像沒有牙齒，嘴巴扁扁的。嘴唇上下佈滿橫紋，整張臉被太陽曬成褐色。

「有沒有人要買呀？你們這些小傢伙如果不買，我就要回去囉！」

臉上佈滿皺紋的老爺爺，看著這些少年們，一直詢問他們要不要買螃蟹。

井上一郎看到這張臉，不禁嚇了一跳。老爺爺簡直長得和螃蟹一模一樣。

好可怕的一隻大螃蟹啊！

老爺爺的視線，終於落在眾人身後、高大的井上身上。

「咦！站在那裡的孩子，你要不要買啊？」

出聲詢問井上。

看到井上沈默不語，老爺爺一直盯著井上瞧，臉上露出不懷好意的笑容，再度說道：

「喂，就是你，我在叫你，我有話跟你說。你和我一起到對面的森林裡去，你一定會對我說的事很感興趣。」

奇怪，老爺爺竟然開口要求井上和他一起到神社對方的森林中，說有事要告訴他。

井上原本想要逃走，但是轉念又想，對方是弱不禁風的老爺爺，就算互相纏鬥也不會輸給他，而且自己還是少年偵探團的團員。和這個怪異的老爺爺說話，應該沒什麼問題吧！井上確實很想冒險。

「你們在這裡玩，我有話要對那個孩子說。」

老爺爺對少年們說道。接著，用棒子挑起兩個螃蟹桶，搖搖晃晃的走向對面的森林。

井上則跟在身後走了過去。

這時，身後傳來少年們的叫聲。

「哇，螃蟹老爺爺……」

「你的臉和螃蟹長得一模一樣……」

「螃蟹怪人、螃蟹怪人……」

「哇、哇！」

聽到這些叫聲，井上更是嚇得毛骨悚然。

也許這個老爺爺真的和可怕的螃蟹怪人有什麼關係。

不過，井上並不打算逃走。既然和螃蟹怪人有關，那麼，就更要確認老爺爺的真實身份。井上下定了決心。

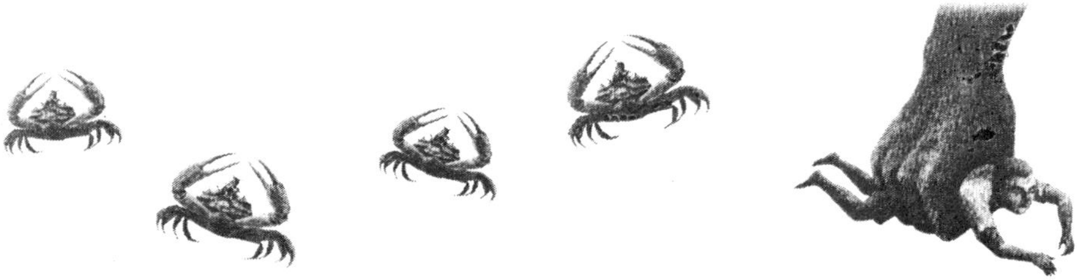

R變身

雖然是白天，但是，森林微暗，好像黃昏一般。老爺爺卸下肩上挑著螃蟹桶的棒子，回頭看著井上。

那張和螃蟹長得一模一樣的臉，露出了微笑。

「你真勇敢，我很想擁有一名像你一樣的少年，你要不要成為我的弟子啊？」

老爺爺之前說話時還操著鄉音，但是，現在卻用標準的正統口音說話，而且聲音不像老人，聽起來非常年輕。

「成為你的弟子？那要怎麼做呢？」

井上鼓起勇氣詢問。

「你只要按照我的命令行動，我就會讓你看任何地球人都沒有見過的東西。我可以帶你到廣大的宇宙去旅行。」

說了一些莫名其妙的話。難道老爺爺是個瘋子嗎？

「怎麼樣才可以到宇宙去旅行呢？」

井上好像將對方當傻瓜似的反問。

「我會讓你坐上R彗星。」

「咦！R彗星。」

從弱不禁風的老爺爺口中聽到R彗星這幾個字，真教人難以置信。

「那麼，要如何才能到R彗星去呢？」

「和螃蟹怪人一起去就行了。交通工具正在海底等待著呢！只要坐上交通工具，咻的一聲就可以飛到空中去。」

老爺爺說的，似乎是指在千葉縣銚子海邊發出可怕聲響、有如火箭般的物體。井上愈來愈害怕。

「可是螃蟹怪人不是消失了嗎？他怎麼可能會帶我去R彗星呢？」

井上覺得自己好像在做夢一般。雖然知道不可能去R彗星，但還是深深的被老爺爺所說的話吸引著。

「放心，只要我通知螃蟹怪人就可以啦！」

老爺爺用年輕的聲音，信心十足的說著。

「喔！老爺爺，你認識螃蟹怪人嗎？」

「當然認識，不，不只是認識，我還跟他很熟呢！現在我就拿出證據讓你看。」

老爺爺說著奇怪的話，瞬間就消失了蹤影。

在老爺爺的身後，聳立著直徑一公尺的大樹，也許他就是跳到大樹後方躲起來了。但是，外表上看起來弱不禁風的老爺爺，怎麼可能動作如此迅速呢？彷彿妖怪使用隱身術似的，啪的一下就銷聲匿跡了，真教人吃驚。

井上遇到一連串怪異的事件，嚇得說不出話來。呆立在原地，恍如置身夢中。

當他轉過身來，發現兩個白鐵桶中的螃蟹不翼而飛，數百隻螃蟹已經不知去向了。

井上看著眼前聳立的大樹幹，因為樹幹正在搖晃著。長著青苔的大樹幹，就像蛇的背部一樣蠕動著。

「咦！是螃蟹。」

原來是數百隻的螃蟹沿著樹幹往上爬。由於一起移動，所以，感覺樹好像在搖晃似的。

井上大吃一驚。想到螃蟹怪人在銚子附近的海面出現時，以及在古山博士家中的庭院出現時，就像前兆一般，許多的螃蟹都先現身。

難道現在爬上大樹幹的成群螃蟹，也是同樣的前兆嗎？

井上感覺全身的血液倒流，背脊發涼，心中升起一股莫名的恐懼。

就在這時，大樹幹的後面出現黑色東西。

彷彿傘一般扁扁的物體正閃閃發亮，出現兩道像電一樣的強光。

啊！是眼睛，是怪物的眼睛。

罩在上面、有如傘似的巨大東西是蟹殼，眼睛的下方是嘴巴，正吐出白色的泡沫。

蟹殼上面伸出好像天線般的兩隻觸手。嘴巴的兩側則連接帶有尖銳螯的臂膀。螃蟹腹部有可怕的軀幹，以及兩條彎曲的蟹腳。

啊！是螃蟹怪人。螃蟹怪人出現在井上的面前。

「不必擔心，我不會吃掉你的。」

螃蟹怪人的話語，隨著口中的泡沫吐了出來。

在銚子附近的海面上出現時，似乎話還說不清楚，但是，在短短不到十天內，竟然日本話說得如此流利。

「我們R星人立刻可以學會看到或聽到的東西。無論是話語、臉、姿態，模仿地球人是輕而易舉的事情。連你們說的話和外表，都能模仿得維妙維肖。昨天我在路上，遇到地球人的七十歲老爺爺，於是我就扮成他的模樣。地球上有變身這種說法吧？我想，這應該稱為R變身。」

醜陋的大螃蟹妖怪，日本話說得極為流利，這是地球人的智慧很難想像的事。

「我還有別的本領呢！我能夠讓自己的身體消失喔！不，不只是自己，還能夠讓任何人的身體消失，包括地球人在內。我要讓你消失也是輕而易舉的事。」

螃蟹怪人淘淘不絕，說了許多令人難以置信的話。

井上想像自己身體消失不見的光景，嚇得渾身發抖。

「日本有隱身術吧？也就是讓身體消失的方法。你們可能已經忘記這種魔法，也許沒有任何人會，但是，R星人並沒有忘記。這有一定的做法，如果不知道做法，就無法消失。要不要我表演給你看啊？」

井上覺得自己好像在做夢似的，頭腦一片茫然。就彷彿腦筋打結，

無法思考一樣。

「好，你看仔細喔！」

螃蟹怪人從充滿泡沫的口中說出這句話之後，蟹殼上方兩隻觸手的前端啪的發亮，噴出既像細白泡沫又像煙霧般的東西。

在煙中，螃蟹怪人開始轉動身體，彷彿陀螺般的旋轉著。

啊！速度真快，怪人的身影已經看不清楚了，有如氣體似的東西在那兒不斷的旋轉著。從觸手噴出的白煙包圍住身體，看起來愈來愈模糊了。

就像螺旋槳快速旋轉而看不清楚一樣。

白煙也開始跟著旋轉，一直往上飄去。

啊！已經看不見了，樹幹前方終於什麼東西都沒有了。井上繞到樹幹後方查看，同樣空無一物，真的完全消失了。

難道對方就是利用這個方法，從古山博士家的書庫中消失的嗎？想到這裡，井上突然覺得很害怕。

「哇哈哈哈哈……，你一定很驚訝吧！這就是R星人的隱身術。雖然地球人感到奇怪，但是，在R星讓身體消失並不是什麼困難的事情。哇哈哈哈……，現在要不要讓我把你的身體也變不見啊？」

井上嚇了一跳，根本無法回答。

消失的少年

就在這個時候，之前賣螃蟹的老爺爺立刻變身，笑著從大樹幹後面出現。快步走到井上的旁邊，用兩手迅速旋轉井上的身體。

這時，不知道從哪兒冒出好像白色泡沫般的煙，包圍井上的臉部周圍。井上頓時覺得天旋地轉，幾欲暈厥。

「好，這樣可以了，你已經消失了。」

老爺爺說道。

井上不禁看著自己的身體，但是，並沒有消失。用手撫摸，臉、胸部、腹部、腳都還在。

「我並沒有消失啊！」

當井上這麼說時，老爺爺笑著說道：

「哇哈哈哈……，你當然可以看到自己，但是，別人卻看不到你，就好像我也看不到你一樣呀！不過，就算我說看不到，恐怕你也不會相信吧……對了，空地上的孩子走過來了。因為我一直沒有回去，所以，他們就來找我了。你試試看那些孩子是否能夠看到你。」

之前包圍賣螃蟹老爺爺的十幾名孩子，走進了森林中。

「啊！老爺爺在那裡。」

「老爺爺，螃蟹怎麼不見了？」

孩子們一邊異口同聲大叫，一邊朝這裡走了過來。

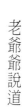

「大家過來吧，我有好東西讓你們看喔！」

老爺爺招招手，於是孩子們立刻跑到他的身邊。

孩子們通過井上一郎少年站立的地方，但似乎並沒有人發現井上而直接和他擦肩而過。如果看得到他，就應該會離他遠些，可是似乎每個人都快要撞到他一樣。

啊！終於有人撞到他了。

一名就讀小學三年級的孩子撞到身材高大的井上，跌倒在地。

「好痛喔！」

大叫一聲。臉上露出不悅的神情，從地上爬了起來。他根本不知道自己為什麼會跌倒。

「阿正，怎麼回事啊？」

就讀六年級、年紀稍長的少年扶起跌倒的孩子，問道。

「好像撞到了什麼東西。」

「怎麼可能撞到東西，這裡什麼也沒有，根本不可能會絆倒你呀！」

「好像撞到空氣了。」

阿正說出奇怪的話。

「笨蛋，有人會撞到空氣嗎？」

年紀較大的少年說著，隨即揮揮手，似乎要確認附近根本就沒有存在任何東西。

「啊，好痛喔！」

他的手在空氣中碰到了硬物。

井上一郎嚇了一跳，趕緊閃開。年長少年的手碰到了井上的肩膀。

少年臉上露出奇怪的表情，朝這個方向看了好一會兒，但似乎並沒有看到井上。

「喂！大家過來，空氣中好像有什麼硬的東西耶！」

五、六名少年聚集過來。井上不想再被撞到，於是閃到兩公尺遠的地方。少年們根本就看不見井上。

「怎麼回事?」

眾人圍繞著年長的少年，詢問道。

「就在這裡，我只是揮揮手，卻好像撞到了什麼硬的東西。可是這裡什麼都沒有，只有空氣啊!」

「是這裡嗎?」

兩、三名少年說著，雙手在那兒憑空揮舞著。井上看到之後，非常驚訝，立刻閃躲到更遠的地方去，以免被任何人撞到。

「你一定搞錯了，怎麼可能會撞到空氣呢?」

「什麼都沒有，沒有撞到東西啊!」

少年們揮著手，來回尋找，異口同聲的說著。

井上覺得十分可笑。想起小時候曾經看過隱身衣（穿上之後，別人就看不見自己的身體）的童話故事。現在井上就好像穿上隱身衣似的，

他真的很想惡作劇一下。

「哇哈哈哈哈……」

他不禁笑了起來，結果少年們嚇了一跳，紛紛東張西望。

「誰啊？誰在笑？」

「沒有人笑啊！」

「可是我好像有聽到笑聲。」

「嗯！我也聽見了，但不是老爺爺在笑。」

「不是老爺爺的聲音，是小孩子的聲音。」

「真的耶，好奇怪喔！」

井上覺得很有趣，接著，走近其中一名少年的身邊，用手指戳了他的臉一下。

「誰啊？是誰戳我的臉？」

眾人嚇得無法動彈，根本就沒有人戳少年的臉。大家都很害怕。

「難道森林裡有妖怪嗎？」

一名少年故意壓低聲音說道。

「哇！妖怪……」

突然有人大叫，拔腿就跑。結果大家全都跟在他的身後跑走了。

「喂，那個賣螃蟹的老爺爺好奇怪，他可能是妖怪喔！」

其中一人邊跑邊喘著氣說著。

聽他這麼說，眾人更是害怕，「哇」的大叫，趕緊逃走。

從地中湧出

因為螃蟹怪人而使身體消失的井上少年，後來情況如何呢？

那是以後的事情，待會兒再說。現在先來談談另外一件更讓大家覺得不可思議的事。

螃蟹怪人從岩谷美術館的館長古山博士家中，盜取了珍貴的美術品推古佛。這件事已經說過了。這次，他再度攻擊岩谷美術館。

這天晚上，古山博士打電話到警政署。接電話的是搜查一課的中村高級警官。因為中村警官是震驚全日本的R怪人事件的相關人員之一。

「R怪人出現了。」

「咦！什麼時候？到哪兒去了？」

「就是剛才，但是現在已經不見了。在電話中說不清楚，能否麻煩你到岩谷美術館來一趟。為了謹慎起見，也請你帶部下一起過來。」

「我知道了，現在就立刻開車過去。」

中村警官帶著五名精明幹練的刑警，開著一輛大型汽車，一行人來到岩谷美術館。當時已經是晚上七點半，美術館在五點關門，只剩下古山博士及三名館員。

警官和刑警們來到會議室的廣大房間，古山博士和館員們正在等著他們。

「電話裡一時說不清楚，這裡發生了奇怪的事情。我親眼目睹，這裡館員們也看到了，應該沒錯。不過，我接下來要說的事，也許你們都不相信。」

「是不是螃蟹怪人出現了呢？」

「沒錯，而且不只一個，總共將近十個。而且出現的方式很奇怪，發生了不可能發生的事情。」

「你的意思是？」

「從地中湧出。」

「他不是也曾經在你們家，從地中出現嗎？」

「不，和當時的情況不同。當時是在地面上挖洞爬出來，但是今天晚上卻沒有看到洞，地面也沒有任何異狀。螃蟹怪人就好像幽靈一樣，從地中湧出，然後又消失在同樣的地面下，沒有留下任何痕跡。」

「是我最先發現的。」

一名館員說著。

「在五點美術館關門之後，我們三個人正在整理卡片。館長今晚也留在這裡。我們的辦公室正好面對庭院，突然，發現昏暗的窗外有東西在移動著。

距離水泥牆十五公尺處，一片樹木林立。就在其中一棵喜馬拉雅杉樹下，有東西正在移動著。

當時天色太黑，看不清楚，原本以為是狗，但是看起來又不像，於是大家全都起身看向窗外。

『奇怪，我們出去看看吧！』

於是我拿著手電筒走到外面去，另外兩個人也跟著走了出去。

接近喜馬拉雅杉樹時，用手電筒照著樹，結果發現有可怕的東西趴在那裡。那是有著如蟹殼般的頭，原來是螃蟹怪人。蟹殼下面的兩個眼睛好像磷火一樣的發出光芒。

宛如剛從地面爬出來似的，藍色的眼睛直瞪著我們。

我們嚇了一跳，拔腿就跑，但是，對方似乎也嚇了一跳，立刻鑽回地中。逃離二十公尺後，回頭一看，螃蟹怪人鑽進地面下，只有大頭還露在地面上。

不過，在我們的注視之下，他的頭很快的就又鑽進地中。

過了一會兒，我們回到原處仔細查看，發現地面卻沒有留下任何痕跡，當然也沒有任何洞。」

古山博士接下去說道：

「後來，那些傢伙又出現在庭院各處，並非螃蟹怪人陸續出現，而是有五、六個相同的傢伙，同時從五棵喜馬拉雅杉樹下出現。

我們四處搜查，但是當我們發現他們時，怪人就會立刻鑽回地中。

好像在嘲笑我們似的，並沒有加害我們的意思。

似乎是在說，我們具有神通力（對於任何事物都具有能運用自如的力量），所以當然可以偷到任何美術品。

事實上，不光是我這麼想而已，我也親自從他的口中聽到了。」

「咦！那傢伙說話了嗎？」

中村警官不禁插嘴問道。

「美術館的地下室被當成倉庫在使用。那個地下室叩叩叩，傳來奇怪的聲音。

我聽到之後，於是拿手電筒下去一探究竟。打開地下室的門，那傢伙正從水泥地上湧出，已經爬到腰的位置。就在我的面前，甚至看到他的腳。他還說道：

『再怎麼小心都沒有用。五天之後，我要拿走這裡全部的美術品。』

螃蟹怪人說完之後，又消失在水泥地中。

不光是可以穿透地面，還可以自由穿透任何水泥。

水泥地上並沒有留下任何痕跡，真是令人難以置信，甚至懷疑自己是不是在做夢。

但事後一想，也許妖星R的生物，真的具有地球上的物理（事物的道理）所無法了解的力量。

這個事件結束之後，我就立刻打電話給你。因為我想那傢伙可能還會出現。」

「哦，也就是說今晚出現了幾個螃蟹怪人威脅你囉？」

「是的，到目前為止是如此。而且是為了通知我五天之後要偷走所有的美術品而來。」

「一定要阻止才行。」

「是啊！一定要阻止他才行。」

「但是，他是個可怕的對手。」

「是啊，也許無法阻止他。無論是地面或水泥地，那傢伙都能夠自

由的穿透。如此一來，也許真的能夠鑽到地下運走美術品。」

「但是，警察一定會盡全力阻止他的。我們會努力作戰。為了維護地球的名譽，一定要抓住這個傢伙。」

當古山博士和中村警官正在熱烈討論的時候，又發生了可怕的事情。房間的玻璃窗外，有四道藍光正瞪著這邊瞧。

「啊！」

發現這件事的刑警趕緊站了起來，跑向窗邊。

大家全都看到了。原來有兩名螃蟹怪人在窗外偷窺。

刑警們全都拿起手槍。四隻手槍對準螃蟹怪人，同時迅速的打開玻璃窗。

但是，怪人的動作更快，一跳就退到對面的喜馬拉雅杉樹下，瞬間就消失了。好像咻的一下，就鑽到地下去了。

中村警官和刑警們連忙跑到外面，用手電筒搜查喜馬拉雅杉樹，然而地面上並沒有發現任何痕跡。

中村警官臉色蒼白，回到原先的房間，以可怕的眼神，對古山博士說道：

「事情愈來愈嚴重了，我要趕回總局開會。也許要借助自衛隊的力量，當然也要借助學者的智慧。這不光是日本的問題，而且是整個地球的大事件。

現在是偷美術品，但我想他們不會這樣就罷手。對方可能的確具有地球的物理無法想像的魔力。

看來全世界的警察和軍隊必須合力作戰的時刻已經到來了。當然，這也是必須向聯合國提出的問題。」

警官的額頭上冒著汗珠。

刑警們、古山博士和美術館館員聽到警官這一番話，也了解到事態的嚴重性。

對方能夠穿透水泥，具有龐大的魔力。不，不光是如此，古山博士和中村警官還不知道呢！螃蟹怪人也具有能夠假扮成各種人或動物的R變身術。不光是能夠讓自己消失，也能夠讓任何人消失。

那麼，應該如何阻止具有如此可怕力量的傢伙呢？只要妖星人R如果願意，則要摧毀整個地球，也並不是什麼困難的事情。

一掃而空

中村警官回到警政署，和大家討論之後，吩咐二十名警察連續五天不分晝夜的輪流監視美術館。

小小的美術館只有五間陳列室，只要這些警力就夠了。

每個陳列室由兩個人看守，其餘的十人則在美術館周圍巡邏。

可是，怪人並沒有出現。

是不是因為害怕這二十個人組成的警察隊而放棄偷盜美術品呢？不，不，還不能夠掉以輕心，今天是第四天，還剩下一天。

終於到了第五天。白天並沒有發生什麼事情，平安無事的到了夜晚。在美術館的館長室裡，古山博士和中村警官面對面的坐在椅子上。

「現在是七點。如果怪人遵守約定，那麼，在接下來的五個小時內應該會發生一些事情。只剩下五個小時了。」

古山博士好像在等待那個時刻到來似的，喃喃自語的說著。

「沒問題的。都已經過了五天，在這五天內，他並沒有趁我們鬆懈的時候偷溜進來，因此，這樣的監視應該是有用的。」

「不，不，那傢伙一定不會食言的。中村先生，你沒有看過那傢伙出現的樣子，但我卻親眼看到各種神奇景象。事實上，就算有二十名警察，我也不能夠放心。他一定會來的。」

古山博士說道，一直看著中村警官。

這時候，門打開了。職員走了進來，將咖啡放在兩人面前的桌上。

「哦，有咖啡嗎？真是太棒了！不光是我們，也請端給其他的警察喝吧。外面的人都要給喔！」

聽到博士的吩咐，職員微笑道：

「是的，我知道，都已經準備好了。」

說完就離開了房間。

古山博士和中村警官啜飲咖啡。不久之後，發生了奇怪的事情。

中村警官就這樣的坐在椅子上，開始打起瞌睡來。

古山博士看到之後，立刻站了起來，把手擺在警官的肩膀上搖晃了幾下。

「中村警官，怎麼回事？是不是因為白天太累了所以打起瞌睡？中村警官！中村警官……」

但是，不管再怎麼叫，警官都沒有睜開眼睛。

間。

博士確認警官睡著之後，臉上露出奇怪的笑容，就這樣的走出了房間。

在房間裡的中村警官不知道要睡多久。已經過了九點，竟然還在睡覺，而且做了夢。是一個可怕的夢。

看看四周，就好像沙漠一樣，地面空無一物，上面則是廣闊的灰色天空。在寬廣的地面，竟然有黑壓壓的可怕東西爬了過來。這裡也有，那裡也有，一下子就占據了整個地面，數都數不清，而且還抬起黑色的頭。

幾百隻螃蟹怪人正從地面湧出，而且朝自己走了過來。

中村警官嚇得想要逃走，但是腿卻不聽使喚。想要大叫，卻發不出聲音來。

醜陋的螃蟹怪人逼近眼前，可怕的螃蟹頭湊到警官的臉上。

正在掙扎的時候，突然醒了過來。

「啊！是在做夢！」

心想還好是夢。看看桌子的對面，古山博士也倒在椅子上睡著了。

「古山先生，起來！古山先生！」

走到他的身邊搖晃他。古山先生終於醒過來了。

「啊！好像睡了一會兒。」

似乎覺得有點奇怪而看了看四周。

「我剛才也睡著了。真奇怪，怎麼兩個人會一起打瞌睡呢？」

「你也睡著了嗎？也許不只我們。讓我們睡著的是……」

「咦！你說讓我們睡著？」

「是的。趕快去調查一下，說不定發生了什麼可怕的事情。」

博士慌張的走出房間，中村警官則跟隨在後。

博士走進第一陳列室。

「啊！真的是這樣。」

兩名警察倒在房間的角落，鼾聲大作，睡著了。

中村警官走了過去，拚命的搖晃正在熟睡中的警察。

「喂！起來！這到底是怎麼一回事？」

兩名警察揉了揉眼睛，搖搖晃晃的站起身來。

「看，陳列架上空無一物。」

古山博士叫道。

房間裡有六個大的陳列架，現在架上已經空無一物了。

「啊！被偷走了。」

一名警察大聲叫道。

「快去檢查其他陳列室。」

博士和警官依序檢查了第二、第三、第四、第五陳列室，結果都和第一陳列室一樣。

負責看守的警察全都睡著了，所有的陳列架上也都空無一物。

「快到辦公室去看看，館員應該還在。」

博士說著就走向辦公室。打開門，卻發現四名年輕館員都趴在桌上呼呼大睡。

接著，又到外面去看看狀況。結果，負責在美術館周圍監視的十名警察，全都倒在地上睡覺。

叫醒他們一問，得知所有的人全都喝了職員端來的咖啡。

「原來那個傢伙是可疑份子。」

古山博士趕緊跑到職員室去，但是，那裡已經空無一人了。

於是兵分多路，仔細搜查，可是並沒有發現到那名職員的行蹤。看來應該已經逃走了。

「讓大家都睡著，乘機偷走美術品，這光憑職員一個人的力量應該是辦不到的……」

「是啊，要把那些美術品全都運走，至少需要三輛大型卡車，所以絕對不是只有那名職員單獨行動。」

「那麼，那個螃蟹怪人……」

中村警官想起剛才的夢，，不禁毛骨悚然。

「看來不只是一、兩個人，而是有十個以上的螃蟹怪人來過這裡。」

那個令人害怕的螃蟹頭怪物，眼珠就像電燈泡般咕嚕嚕的轉著，運走了陳列室裡所有的美術品。

想到這裡，內心有一種難以言喻的恐懼感。

第二天的報紙，大幅報導岩谷美術館被一掃而空的偷盜事件，震驚了全日本。

美術館的陳列品一件也不留，全數被偷走，真的是前所未聞的奇怪事件。東西真的被偷個精光。

地底的囚犯

換個話題來談談井上一郎。身體消瘦的井上，在渋谷區盡頭的神社森林中，因為螃蟹老爺爺而被帶到R怪人的住處。R怪人在東京的某處有臨時的住處。

「你沒有辦法逃走，因為身體已經消失了，因此，沒有人會承認你的存在。與其如此，還不如讓我帶你到一個好地方。我有事要你做，但是要先矇上你的眼睛，不能讓你知道路怎麼走。」

說著，螃蟹老爺爺用黑布矇上井上的眼睛。

井上下定決心，要按照他的吩咐去做，找出R怪人的秘密。

眼睛被矇上之後，覺得整個身體好像飄到空中似的。原來是螃蟹老爺爺把他扛了起來。

接著，好像被放在如椅子般的東西上。雖然是椅子，但也是飄浮在空中。

感覺好像在空中飄浮了三十分鐘。停止飄浮時，又感覺好像被老爺爺扛著進入房子裡，爬上樓梯，接著又下了樓梯。

看起來弱不禁風的老爺爺，竟然能夠輕輕鬆鬆的扛著高大的井上。事實上，螃蟹老爺爺是R怪人假扮的，因此，當然可以扛起井上。

「可以拿掉矇眼布了。待會兒我有事情要和你商量，你先在這裡待一下。」

拿掉矇住眼睛的布之後，螃蟹老爺爺走出房間，關上門，從外面傳來門上鎖的聲音。

這是沒有窗子的怪房間。天花板上掛著一個小燈泡，四周微暗。井上覺得有點頭暈，似乎整個房間都在搖晃著。

與其說是房間，還不如說是牆壁。四周都是牆壁，而且好像隨著波

浪在晃動著。

難道是R怪人的魔法嗎？

不，不是的，牆壁會動，一定是有什麼原因，應該要更靠近牆壁確認看看。

於是井上走近右邊的牆壁，瞪大眼睛仔細的瞧。看到一群黑壓壓的小東西在那裡爬著。

「啊！是螃蟹。」

沒錯，幾千隻的螃蟹爬滿四壁。

每當螃蟹怪人出現時，一定會出現一大群螃蟹。難道那些螃蟹就是飼養在這裡嗎？

這時，身後的門打開了，有人走了進來。

井上察覺到這一點，但是，根本沒有回頭看。因為害怕看到站在身後的，是比螃蟹大上幾萬倍的怪物。

「哇哈哈哈……，把你送到這裡來的螃蟹老爺爺，現在已經恢復為原先的樣子了。」

沒辦法，井上只好回頭看。的確，可怕的螃蟹妖怪就站在那裡。

「你是少年偵探團的井上一郎吧？我認識你。我要把把你當成誘餌關在這裡，引誘其他少年偵探團的團員們來到這裡。哈哈哈……你知道為什麼嗎？這是有理由的。

你摸摸口袋，BD徽章已經不在了吧？你們隨身都會放二、三十個BD徽章，我已經全都拿出來，撒在這棟房子的門前了。

這樣你的同伴就會被引誘到這裡來，知道了吧？

如果小林團長也來，我會非常高興的！哈哈哈哈哈……」

真是不可思議，剛來到地球的R妖星人，怎麼會這麼熟悉少年偵探團的事情呢？真的是太不可思議了。

那麼，他又為什麼要引誘少年偵探團的團員到這裡來呢？

「知道了吧?你已經是我們的同夥了。你的身體消失，就算回家，也沒有人會理你。讓你待在這裡是為了你好，以後會讓你的身體再恢復的。」

井上覺得很不可思議，為什麼妖星人的日語會說得這麼好?雖然擁有和地球人完全不同的智慧與力量，但是，井上還是覺得很不可思議。

井上只好住在這個根本不知在何處的奇怪房子裡。

大約有十名螃蟹怪人在這裡出入。雖然無法知道確切的數目，不過大約是十名左右。

不知道怪人都吃些什麼，不過，井上吃的是牛奶、麵包或罐頭、牛肉等，而且還住在擺著軟床的小房間裡。

井上生活在這裡，並不會覺得不自由。

不知道怪人們在忙些什麼，出出入入的。有時候全都外出，只留下井上一個人。

等到這個時候，井上就會趕緊調查怪人的巢穴。

這棟住宅是兩層樓的西式洋房，有地下室，大約有十五個房間。

井上趁著沒有人在的時候，看過所有的房間。每個房間都有床和衣櫥，只有一個房間沒有床，什麼都沒有，但卻擺著一個大金庫，讓他嚇了一跳。身為螃蟹怪人，卻擁有金庫，這根本是出乎意料之外的事情。

後來井上也去了地下室。最初被關在一間螃蟹屋裡，那個房間就在地下室。

除了螃蟹屋之外，還有像倉庫般的大房間。正在搜查擺在裡面的東西時，突然聽到奇怪的聲音。

叩茲叩茲的，聽到奇怪的聲音。

好像是隔著牆壁傳來的。

叩茲叩茲、叩茲叩茲。真的是在牆壁的另一邊。牆壁是用磚頭砌成的。難道有暗門嗎？井上摸索牆壁，朝裡面走了進去。

走到某處時，叩茲叩茲的聲音聽得更清楚了。

「這附近有點奇怪。」

一邊這麼想，一邊用手摸索著。這時竟然有一塊磚頭移動了。

「啊！就是這裡。」

用手順利地把整塊磚頭抽出來。

抽出磚頭後，看到裡面有鑰匙孔。也許找出鑰匙，插入鑰匙孔中轉動一下，磚牆就會像門一樣的打開也說不定。

但是，並沒有發現鑰匙，所以也無可奈何。

「好，那麼就用鐵絲試試看。」

井上自言自語。通常只要用鐵絲就能打開鎖，而且井上也知道用鐵絲開鎖的方法。並不是為了行竊，而是當偵探一定要學會這門工夫。

在倉庫裡找尋，終於發現鐵絲。彎曲鐵絲之後，把它插進孔中，終於感覺好像鎖快要被打開了。

鎖終於被打開了。

用力一推，磚牆就像門一樣，往裡面打開了。

這裡是一個小房間。倉庫的燈光照進小房間，使得小房間變得明亮。

「有人在嗎？」

井上叫喚著。聽到黑暗中傳來可怕的聲音。

「嗚、嗚、嗚。」

井上走進房間。

「是誰啊？出來吧！」

黑暗中聽到叩叩叩的聲音，有人朝著燈泡的光走了過來。

「你，你是日本人嗎？」

「是的，你也是日本少年吧？看起來並不像是螃蟹妖怪的同夥。」

這是一位五十歲左右的男子。

螃蟹殼

「是的，我是被那個傢伙抓來的。」

井上說完之後，突然愣了一下。

因為怪人的魔力，井上的身體已經消失，所以，應該沒有人看得到井上，但是，這名紳士卻看得到井上。

「叔叔，你看得到我嗎？」

井上問了一個奇怪的問題。

「看得到啊！你看起來是個強壯的少年。」

紳士笑著回答。

這麼說來，螃蟹怪人所施的魔法已經解除，井上的身體已經可以看到了，真是奇怪！

但是，根本來不及思考這件事情。

和紳士說了兩、三句話之後，井上忽然叫了起來。

「咦！」

幾乎快要昏倒。

他的確感到很驚訝。

兩人又竊竊私語了一會兒。不過，如果一直待在這裡說話，萬一被別人發現可就糟了，因此只好暫時分開。

「你在這裡再忍耐一陣子，光靠我一個人的力量沒有辦法救你，但是，我一定能夠順利的逃出去，因為我們有明智老師和小林團長，絕對不會輸的。」

井上鼓勵紳士，然後走出這個秘密的房間。將磚塊暗門推回原來的位置，用先前的鐵絲把門重新鎖上，然後回到一樓自己的房間。

井上也開始有點不知所措了。因為關在地下室的紳士讓他感到很意

外，而且原本以為自己的身體已經消失，而現在卻知道並沒有消失。

妖星人R的螃蟹怪人，真的是一位很可怕、很奇怪的傢伙。

可以在這個房子裡自由行走，但不能夠外出。井上雖然想要逃走，卻失敗了。

在正門、後門等出口，都有螃蟹怪人看守。雖然想從窗子跳出去，但是，全都安裝了鐵窗，根本無法逃脫。

井上脫掉上衣，躺在床上。夜已深沈，愈想愈覺得很不可思議，根本無法成眠。

因為白天的疲憊而終於開始打盹的時候，突然，覺得房子外面一陣吵雜。

井上跳下床，看看窗外。從這裡可以看到房子的門。

門外停著汽車，不只一輛，有兩、三輛。

看看手錶，已經十二點了。

許多人從車上下來，走進大門。四周一片漆黑，但是，可以藉著門上的燈光看到這一切。

「啊！螃蟹怪人。」

進來的全都是看起來非常可怕的螃蟹，而且個個扛著奇怪的行李。有的好像是四方形的大匾額，有的則好像是凹凸不平的雕刻物，有的則像是小箱子，全都用白布包著。

六、七名螃蟹怪人，扛著各種形狀的白色行李，排成一列的走進屋內。感覺就好像做惡夢似的，是一幕很不可思議的光景。

怪人們回到車內，又扛了一批新的行李出來。到底這些用白布包著的是什麼東西呢？

井上想要確認一下。

於是悄悄的走出房間，來到玄關。白色的行李堆積如山，白布全都還沒有打開。

「啊！糟糕。」

井上貼著走廊的牆偷看，這時一名螃蟹怪人朝這裡走了過來。

井上趕緊逃離走廊。

但是，跑不到二十步，對面的轉角又有人出現了。

又來了一個螃蟹怪人。

井上被前後夾攻，不知所措，不管往哪一邊逃，都一定會被抓住。

朝側面看去，發現走廊上有一扇門打開了兩、三公分。

根本沒有思考的餘地，井上偷偷的溜進門內，關上門，屏氣凝神。

有腳步聲從門前通過，但是，那腳步聲……好像停在門前，門把被轉動，螃蟹怪人進入這個房間。

井上趕緊看看房內。其中的一面牆放有大的衣櫥，看來也只能躲到那裡面去了。

於是趕緊推開衣櫥的木板，跳了進去。

只見一片漆黑，上面不知道掛了什麼東西，碰到了臉，聽到沙沙的聲音。

好像是好幾片薄塑膠做成的東西。

但是，根本無暇去思考，一心只怕被怪人發現。

啊！糟了，怪人打開衣櫥的門。

難道是發現了井上，想要抓走他嗎?井上趕緊縮起身體，躲在衣櫥深處，屏氣凝神的看著門的方向。

站在門前的螃蟹怪人，開始做出奇怪的動作。用兩隻大螯手將自己的大頭抬起來。

令人驚訝的是，巨大的蟹頭部分，一下子就被拿了下來。接著，又把臉、手、腳、軀幹全都取下來。

對了，原來是用薄塑膠做成，好像燈籠般的摺疊物。

螃蟹頭的部分摺疊成四、五摺，臉、手、腳和軀幹，也以同樣的方

式摺疊成小小的一塊。臉上可怕的眼睛，原來是擺在藍色玻璃裡，利用電池發亮的電燈泡。

脫掉衣物之後，到底會呈現出什麼姿態呢？裡面是否藏著妖星人R令人難以想像的奇怪生物呢？

不，不是如此。出現的竟然是穿著緊身衣褲的地球上的人類，而且是道道地地的日本人。

啊！這是怎麼一回事？妖星人螃蟹怪人竟然是穿著奇怪衣物的日本人。

他不知道井上躲在衣櫥裡，因此，將螃蟹怪人的衣物掛在壁櫥內的掛鉤上，然後關上衣櫥的門。

衣櫥裡竟然是掛螃蟹怪人的衣物，也就是蟹殼的地方。井上躲進衣櫥時，碰到東西發出沙沙的聲音，原來就和現在掛在面前的螃蟹衣物是同樣的東西，而且還掛了三、四件呢！

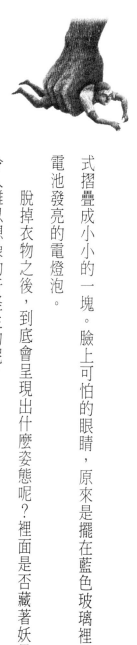

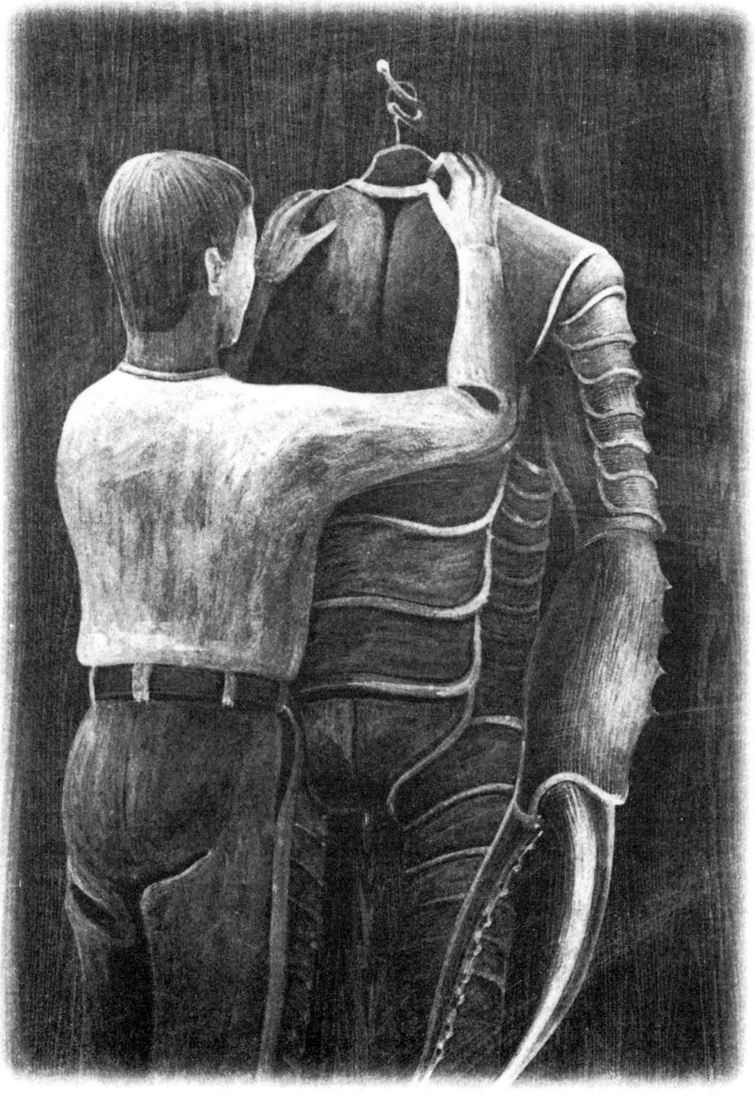

小林少年

第二天下午。

井上坐在房間的椅子上。突然門被打開，一名少年滾了進來，好像是被人從外面推進來的。

「啊！小林團長。」

井上嚇了一跳，扶起這名少年。

「哇哈哈哈……，井上，你的團長已經被抓來了，你們兩個人就好好的聊一聊吧！」

說完，關上門，喀嘰喀嘰，聽到門被鎖上的聲音。

當井上獨處時門並沒有上鎖，但是，現在多了小林少年，螃蟹怪人小心翼翼的把門鎖上之後才離去。

「有人把撿到的BD徽章拿來給我，我打算偷溜進來一探究竟，但是，立刻就被發現了。難道是敵人故意設下的陷阱嗎？」

當小林少年這麼說的時候，井上點頭說道：

「是的，這是螃蟹怪人的計謀。哦！對了，小林團長，我發現了奇怪的事情。」

井上把之前遇到的事情，詳細的告訴小林。

「哦！你說身體消失了嗎？這一定有什麼原因的。可是我看得到你啊！」

「但是，孩子們卻看不到我，有的孩子因為撞到我而倒在地上哭了起來。就好像我是穿著緊身衣似的，真的很有趣。」

「嗯！裡面大有文章。還有，被關在地下室的那個人以及脫掉螃蟹衣物的日本人，全都和明智老師的想法吻合。老師真是太厲害了。」

「你在說什麼啊？螃蟹怪人到底是誰呢？」

「我也不知道。與其在這裡討論，還不如趕緊把這些事情通知明智老師。總之，我們兩個人一定要逃離這裡。不，不是兩個人，如果可以的話，連地下室的那個人也要一起救走。」

小林說完，想了一會兒，突然眼中閃耀光輝說道：

「啊！我想到可以讓我們三個人逃走的好辦法了。今天晚上就來試試看吧！相信一定能夠成功的。」

於是兩個人竊竊私語著。

這天晚上八點鐘左右。

小林少年利用隨時放在口袋裡的萬能鑰匙打開門，和井上一起走出房間。

三十分鐘之後，三名螃蟹怪人從玄關走了出來。負責看守玄關的螃蟹怪人看到這三個人時，揮揮帶有螃蟹螯的手，向他們打招呼。三人以同樣的方式揮手，然後就走出去。

出了門之後，周圍是空地，非常的荒涼。

「這附近應該就是北多摩郡（作品中所寫的北多摩郡，自一九七〇年就已經不存在了）吧？」

一名螃蟹怪人，對跟在身後的兩人這麼說著。

在距離怪人的住宅兩百公尺遠的森林中，停著一輛關掉車頭燈的汽車。三名怪人拿掉成為障礙的螃蟹頭殼，摺疊起來，拿在手上，坐上汽車。一個人抓著方向盤，將車朝市中心的方向開去。

車子奔馳在寬廣的街道上。

「真奇怪，那輛車一直跟著我們。咦！這不是警察巡邏車嗎？附近並沒有其他的車子，對方一定是在跟蹤我們。」

「大概是看到我們奇怪的樣子，覺得可疑。沒關係，別管它了。」

抓著方向盤的怪人說道。

「咦！有兩輛巡邏警車。兩輛都跟了過來。」

兩輛巡邏警車上的警笛響起。的確是以三名怪人所搭乘的車為跟蹤目標。

但是，怪人所開的車，車速並沒有放慢。繼續往前開時，前面又有另外一輛警車開了過來。

終於被三面夾攻。

看來不得不停車了。怪人所乘坐的車，就這樣的停在寂靜的鄉間道路上。

前後的警車都停了下來。三輛警車上總共下來了五名警察，包圍住怪人的車。

警察啪的打開手電筒，照亮車內。

「你們是誰？」

大聲詢問，同時有兩隻手槍對準車上的人。

車內的三人，默默無語，趕緊脫掉怪人的衣物。

首先露出臉來的是小林少年。

「我是明智偵探的助手小林。」

「啊，是小林啊！」

和報紙上的照片一模一樣，警察也認識他。

「怎麼打扮得這麼奇怪？幹嘛要假扮成螃蟹怪人呢？」

「這是有原因的。我們急著要把事情的真相告訴明智老師以及警政署的中村警官。很抱歉，現在無法說出詳情。請讓我們離開，我們絕對不會為你們帶來困擾的。因為有急事在身……」

說完，小林開始發動車子。

五名警察驚訝的趕緊閃開，讓車子通過。

回頭一看，警察們正在那裡拚命的揮手，不知道在叫嚷些什麼。小林也管不了那麼多了，趕緊將車子開往明智偵探事務所。

這三個人，就是小林、井上以及被關在地下室的那名紳士。

井上從衣櫥裡拿出三套螃蟹怪人的衣物。三個人換上之後，假裝成壞人的同夥，瞞過看守的人，順利的逃了出來。

停在森林中的汽車，是小林開來的明智一號。

哇！真是怪事。妖星人R到底是什麼呢？不是外星人，可能是更可怕的怪物。

總之，他們使用的是連地球人都無法模仿的神奇妖術。

首先，他們其中的一個人出現在銚子附近的海中。

後來，又從古山博士家的庭院泥土中爬了出來，進入書庫，偷走珍貴的推古佛，而且在書庫裡消失了。被眾人包圍住時，怎麼可能有機會逃走呢？

後來假扮成螃蟹老爺爺，邀請井上到森林中，自己消失不說，也讓井上消失了。十幾個孩子都沒有看到井上。

最後，就是岩谷美術館的美術品，被一掃而空的偷盜事件。螃蟹怪人出現在庭院的喜馬拉雅杉樹下，以及地下室的水泥中，然後又在那裡消失。出現在古山博士家的庭院時，留下怪人出現的洞穴，但是，出現在美術館中時，並沒有看到任何的洞，就輕易的從平坦的土中以及厚水泥中出現，然後又消失了。

要如何說明這些神奇現象呢?這就是被稱為妖星人，或是怪人的智慧吧!明智偵探和小林少年將要與這種智慧挑戰，而且一定會和過去一樣獲勝。

請大家耐心的等待，這個鬥智場面的出現吧!

到時候，就能解答所有的疑問，甚至還有更大的秘密會被揭露出來。

名偵探登場

小林、井上兩名少年合力救出一位紳士，離開了螃蟹怪人的巢穴。

就在此時，在岩谷美術館的館長室中，館長古山博士、警政署的中村警官，以及私家偵探明智小五郎三人正圍坐在桌前商議。

美術館的陳列品在一夜之間被偷盜一空，不管再怎麼調查這個驚人的事件，都無法得知對方的犯案手法。古山博士認為應該借助明智偵探的智慧，因此，拜託中村警官帶他的好友明智偵探前來。

古山博士，將事情的原委詳細的告訴明智偵探。

首先是螃蟹怪人出現在古山博士的家中，偷走書庫中的推古佛，然後就這樣的消失不見了。

接著，從美術館的庭院以及地下室的水泥地上憑空出現螃蟹怪人，又憑空消失，而且在一夜之間將美術品偷盜一空。

他依序說明事情發生的經過。

說完之後，門被打開，一名警察進來，他走到明智偵探的身邊，對明智偵探附耳說了幾句話。美術館周圍有幾名警察在看守著，這名警察正是其中的一位。

「對不起，我先失陪了。」

明智偵探說完，就和警察一起走出房間。到底要到哪裡去呢？事情似乎很棘手。大約過了十分鐘明智偵探才回來。

明智的臉上露出怪異的表情，好像很痛苦似的，他卻一直忍耐著。不過，看來他似乎忍耐不住了。名偵探好像覺得非常好笑似的，開始放聲大笑。

「哈哈哈哈……，對不起，因為實在是太好笑了，所以我才會放聲大笑。古山博士，還有中村先生，這真是個大笑話，是全日本，不，是全世界的大笑話。」

古山博士和中村警官訝異的看著明智偵探，他們因為根本不知道到底是什麼事情會這麼好笑。

「新聞全都被騙了，不，應該說我們全都被騙了。那個世界第一的

奇術師、不可思議的彗星的出現是事實，但是，有螃蟹怪物住在彗星上卻是謊言。出現在千葉縣海中的傢伙，還有後來震驚東京的傢伙，並不是彗星人，而是地球人。

趁著彗星出現，因此假扮成彗星人，企圖震驚全世界，的確是異想天開。

而新聞媒體卻中了他的計。全世界都有這樣的謠言傳出。想出這個大奇術的傢伙的確很厲害，因為他欺騙了全世界。這是個笑話，是世界級的大笑話。」

明智偵探又笑了起來。

但是，博士和警官完全不知道他到底在說些什麼。

「美術館的陳列品真的被偷走了，這是人類所無法辦到的事情。此外，還有很多無法說明的神奇現象。」

中村警官看著明智說道。

「讓我慢慢來為你說明吧！現在我已經知道全部的秘密了。最初的神奇是來自古山博士的書庫，也就是那個螃蟹怪人消失的事情。」

明智說到這裡，門被打開，三名警察走了進來。在明智偵探的眼神示意下，入口的門和兩邊的窗前各站了一名警察，以防止任何人從這個房間裡逃出。

這到底是為什麼呢？這個房間裡只有古山博士、中村警官和明智偵探三個人，應該沒有人必須要逃走啊！

「讓我來告訴你們，螃蟹怪人從書庫中消失的理由吧！」

明智繼續說道：

「螃蟹怪人穿著用薄塑膠打造的像鎧甲似的衣物，裡面躲著人，因此，能夠迅速的脫掉塑膠鎧甲，然後又變回人的樣子。這只不過是那個傢伙的技法罷了。

螃蟹鎧甲能夠摺疊成很小的形狀，而書庫裡有很多木箱，那傢伙趕

緊把偷來的推古佛和摺疊起來的螃蟹鎧甲，藏在其中的一個木箱裡。

然後，大家開始搜查書庫，想要找尋螃蟹怪人是否躲在裡面。雖然連書架的後面都找過了，但是，並沒有去找螃蟹怪人不可能躲得進去的小木箱。這是他聰明過人之處。而脫掉鎧甲的螃蟹怪人到底在哪裡呢？當大家推開書庫內側的左右兩片門的時候，他就躲在門後。而就在大家找尋書庫裡面的時候，他則假裝後來才進來。

當時，最後進入書庫的是誰呢？」

「是我。我當時在正堂裡，所以比在庭院中的刑警們晚一步進來。」

「但是，當時並沒有人看到你是否在正堂中。穿著螃蟹鎧甲，挖開庭院中的泥土，將一半的身體埋在土裡，假裝從那裡爬出來似的進入書庫中，迅速脫掉螃蟹鎧甲並藏起來，這的確是很好的方法。」

「哈哈哈哈……，真可笑，你在胡說些什麼啊？被偷走的推古佛是我美術館裡的東西耶！我怎麼可能自己偷自己的東西，怎麼會有人做這麼蠢事呢？哈哈哈……」

古山博士覺得很好笑的笑了起來。

「是啊，大家都認為沒有人會去偷自己的東西。但就在這時，你又使用魔法了。你想讓大家認為妖星人R這種神奇的生物來到了地球。

關於第二個神奇事件，你們和我都沒有看到，看到的人是少年偵探團的團員井上。把井上叫到這裡來吧！」

聽到他這麼說，古山博士嚇了一跳，從椅子上站了起來。

「博士，請稍安勿躁，我才剛開始要說明事件內情呢！馬上就要進入本題了，你還是坐下來吧！」

古山博士臉色蒼白，環視整個房間。入口和兩扇窗前都有強壯的警察把關，根本無處可逃。

明智偵探對站在門前的警察做出指示。警察打開門，讓在走廊上等待的兩名少年走進房間。原來是小林和井上。他們已經脫掉在離開怪人

巢穴時所穿的螃蟹鎧甲，現在穿著平常的衣服。

古山博士看到少年現身，臉上的表情似乎在說「啊，糟了！」不安的看著四周。

怪人的真實身分

等待兩名少年坐在牆邊的長椅上之後，明智繼續說道：

「井上，說說看你所遇到的神奇事件，就說明螃蟹老爺爺讓你消失的事情吧。」

「是的。」井上開始描述事情的始末。包括遇到螃蟹老爺爺，以及被帶到森林中，螃蟹老爺爺變成螃蟹怪人的樣子消失，同時也讓自己消失，而且很多小孩都看不到自己，甚至還有小孩因為撞到自己而跌倒的事情，都詳細的訴說著。

「所以，你一直認為自己已經消失了。」

「不，我好像真的被騙了。看不到我的只有孩子們，後來遇到的人全都看得到我。我不知道為什麼孩子們看不到我，真是很不可思議。」

「首先，在森林中，螃蟹怪人讓自己消失給你看，讓你相信他具有消失的力量。那時你覺得怪人真的消失了嗎？」

「我也不知道，但是，看起來好像是消失了。」

「螃蟹怪人並不是什麼來自外星的生物，而是地球上的人，所以根本不可能自己消失，那只不過是他的戲法罷了。當時怪人是不是站在一棵大樹下？他可能躲在樹上的葉子堆裡。

那傢伙從上面垂下黑色的尼龍繩，繩子的一端有鉤子，怪人把鉤子鉤在自己的背上，在微暗的森林中，當然看不到細的尼龍繩。

鉤上鉤子後，由樹上的同伴利用滑輪把怪人往上吊，使他消失在枝葉中。

但是，如果只是被吊起來，你立刻就會發現，所以要先噴煙，讓自己的身體瀰漫煙霧，在他身體的某處，應該已經準備好噴煙的道具。

然後，就是讓你消失的方法。為了讓你相信，首先假扮成螃蟹老爺爺，而且叫來一群孩子和他一起演戲。孩子全都是螃蟹老爺爺的同夥。他可能答應給大家螃蟹，要孩子說謊。

孩子們假裝看不到你，有的還故意撞到你而跌倒哭泣。只要孩子們同意，他們也很會演戲喔！螃蟹老爺爺非常了解孩子們的心理。

你根本沒想到小孩也會演戲來騙你，所以相信了這件事。井上，你一直相信自己的身體消失了吧！」

這時，中村警官插嘴說道：

「為什麼要煞費工夫，讓井上相信自己消失了呢？」

「當然沒有這個必要，只不過是惡作劇罷了。假扮成螃蟹怪人的傢伙，很喜歡惡作劇。不管多麼費事，他都以惡作劇為樂。

他自稱為妖星人R，假扮成螃蟹怪人，就是要對全世界的人惡作劇。

還有一個原因就是，螃蟹怪人想要打倒少年偵探團。首先把幹部井上抓來當俘虜，然後在路上撒BD徽章，引誘小林團長前來。雖然小林也成為怪人的俘虜，但是，卻用高明的方法逃了出來。我聽了他們兩人的說明之後，已經完全知道螃蟹怪人的秘密了。」

「原來如此，竟然有這樣的事情。但是，還有很奇怪的事情。螃蟹怪人出入的地面沒有洞，什麼也沒有，不管是水泥地或牆壁，都能夠自由的出入。那是在這個美術館的庭院和地下室發生的事情。如果螃蟹怪人是地球人，那麼，這個謎團又該如何解開呢？」

「這根本沒什麼，很容易解答。」

明智偵探若無其事的說道。

「那麼，你倒說說看，我真的一點也不知道。」

中村警官佩服得五體投地，真想向明智偵探脫帽致敬。

「如果從正面來思考的話，當然不明白理由為何。但你是親眼目睹的嗎？」

「不是親眼目睹，是從古山博士那裡聽來的。不過我和博士在說話時，螃蟹怪人就在窗外偷窺，大家前去追趕，但是，怪人卻在庭院的喜馬拉雅杉樹下消失了，沒有在地面留下任何痕跡。」

「之前我說過，那是他在樹上的同伴利用尼龍繩把他吊上去的，因為是晚上，所以看不清楚。還有，博士說螃蟹怪人從地面出現又消失的事情，你相信他說的是實話嗎？」

「哦！難道博士會說謊嗎？」

「我只能這麼認為。」

聽到明智這麼說，古山博士大叫道：

「明智先生，我們請你來是要解開美術館盜偷事件之謎，你不需要說其他的事情。你說說看，美術品是如何被偷走的？犯人在哪裡？我只想知道這一點。」

明智偵探微笑道：

「你真的想知道嗎？」

「當然。」

「那麼，好，犯人就是……」

「犯人是誰……」

明智和古山博士，互瞪對方。

「犯人就在這裡。」

明智斬釘截鐵的說道。

「在這裡？」

「就在這個房間。古山博士，犯人就是你。」

明智的食指指著博士。

「哇哈哈哈……，真好笑，我怎麼可能偷自己的東西呢？我為什麼

要偷由我擔任館長的美術館的東西呢？」

「因為你不是岩谷美術館的館長。」

「咦！你，你說什麼？」

「你不是古山博士。」

聽到他這麼說，博士氣得從椅子上站了起來。

「你說我不是古山，你有什麼證據……」

「小林，把證據拿來。」

聽到明智的吩咐，小林跑出房間。不久之後，帶著一名紳士出現。他就是井上在螃蟹怪人巢穴的地下室發現的那位紳士。他被抓走了半個月，衣服都是縐紋，臉上長滿了鬍子，但是仔細一看，的確和古山博士長得一模一樣。

「你是古山博士吧？」

明智詢問這位紳士。

「是的，我被螃蟹怪人抓走，之前一直被關在地下室裡。」

「在這裡的這個人說他是古山博士。現在有兩個古山博士，長得非常像，到底誰是真的，誰是假的呢？」

明智似乎覺得很好笑的問著。

兩個古山博士站著，互瞪對方。

「這傢伙是假的。我聽說美術館的物品全都被偷走了。為了偷走美術品，把我關在地下室，然後假扮成我。誰都不會想到館長就是大盜，這就是那傢伙的計謀。」

「哦！是這樣的嗎？」

中村警官似乎終於明白事實的真相。

「昨天晚上，喝了摻有安眠藥的咖啡而睡著的，只有我們這些警察們。館長和職員假裝睡著，但事實上並沒有睡著。他們趁這個時候，將美術品搬到同伴開來的卡車上，把所有的東西都偷走了，然後再回到原

來的房間，裝出睡著的樣子。不過，難道說這四名職員也不是真正的館員，而是犯人的同夥嗎？」

整個謎團都解開了，但是，假的古山博士卻不服輸，大吼道：

「哪來的馬骨（嘲笑身分不明的人）！竟然帶來這種男人，還說我是假冒的，真是天大的笑話。我是古山，我的妻子和孩子可以證明。」

「這半個月來，你也騙過了古山先生的妻子和孩子。可見你對變裝技巧的確非常拿手。這樣的變裝名人，在全日本只有一個，你應該知道吧！我說的就是那個擁有二十個不同面貌的男子。」

古山博士嚇了一跳，身體僵硬，臉色大變。

「你是怪盜二十面相。」

明智斬釘截鐵的說道。

「哇哈哈哈哈……，妖星人R、螃蟹怪人的真實身分是二十面相。這是全日本，不，應該是全世界的大笑話。這一次你終於達到目的，是吧?二十面相。」

怪電話

全日本,不,應該說全世界的人都能夠開心的笑了。

妖星人R、螃蟹怪人出現在日本的消息,刊載在全世界的媒體上。事實上,這個螃蟹怪人是假的。知道他竟然是由怪盜二十面相、寶石大盜假扮的之後,全世界的人因為過於驚訝而大笑不已。

中村警官要把二十面相帶回警政署,但是,使用普通的汽車讓他很不放心,因此打電話叫來了戒備森嚴的護囚車。為二十面相戴上手銬,在兩名警察的陪同下,讓他坐上護囚車。

護囚車出發之後,明智偵探、中村警官以及剩下的一名警察在美術館中來回查看,想要了解二十面相的手下是否還留在這裡,但是,並沒

有任何發現。

在搜查館內的時候，明智偵探看著某個房間的窗外，好像發現什麼似的，啊了一聲。

「明智先生，怎麼回事？」

中村警官驚訝的問道。

「你看！那裡有一間堆放雜物的小屋，屋頂下竟然拉了一條電線，那不是燈泡線，好像是電話線。放雜物的小屋怎麼會拉一條電話線，很有問題。」

這些房間的燈泡，隔著玻璃窗朦朧的照著對面的小屋，屋頂下的確有一條電線。

「去看看！」

明智說完，趕緊離開房間。中村警官和警察也跟隨在後。

走到庭院，來到小屋，明智打開小屋的門。

「果然沒錯。這裡有電話。」

明智大叫道。

在眾多雜物的一角，有一具電話。

「請你去幫我叫職員來。」

聽到明智的吩咐，中村警官身後的警察朝外面跑去，帶著美術館的職員回來。

「這裡以前有電話嗎？」

聽到明智這樣問，職員驚訝的看著小屋內的電話。

「咦！怎麼會有這個電話呢……。不，我現在才看到。堆放雜物的小屋怎麼可能會有電話呢？」

「看來這是二十面相的手下拉的線。」

明智偵探向中村警官說明。

「二十面相的手下躲在這裡，竊聽美術館打出去的電話。做事小心

的二十面相，每當遇到危險時，就會利用一些巧妙的方法讓自己脫困。」

說到此處，明智突然沈默不語，好像想到什麼似的。霎那之間，明智的眼中閃耀著光輝，說道：

「啊！對了，中村先生，剛才載送二十面相的護囚車，真的是警政署派來的嗎？」

「什麼？難道你說那是假冒的嗎？」

「嗯！可能是。趕緊打電話到警政署去確認一下。」

聽他這麼說，中村警官慌張的朝美術館的方向跑去。

留下來的明智，則拿起擺在小屋裡的話筒。警察和職員站在明智旁邊看著。

「啊！聽得到中村和警政署的人員通電話的聲音……果真如此。警政署說不記得有派護囚車出去。一定是中村打電話到警政署時，被竊聽的傢伙切斷了電話線的開關，並假裝成警政署的人來接電話。我們來做個實驗吧！」

明智說著，切換電話旁邊的開關。

「喂，喂，中村，是我，我是明智。」

「啊！你是從小屋打來的嗎？這麼說來……」

聽到中村警官驚訝的聲音。

「是的。二十面相的手下躲在這裡，假裝是警政署的人和你對話，答應派護囚車前來。因為電話被切換，所以，警察局什麼也不知道。那輛護囚車並不是警政署派來的。」

「那麼，是從哪裡派來的呢？」

「應該是來自二十面相的某個巢穴吧！二十面相為了以防萬一，早就準備好假的護囚車好讓自己逃走。」

「但是，有兩名部下一起上車啊！」

「那兩個人現在可能已經慘遭修理了。」

「好，我立刻打電話到警政署去請他們安排。雖然不知道逃往哪個方向，但那是有特徵的護囚車，也許可以抓到他們。」

「嗯！那麼我先切換開關吧！」

於是打電話到警政署，全東京的警察都出動找尋假的護囚車。

從鐵壁伸出的手

被載上手銬的二十面相，在兩名警察的陪同下，坐上護囚車。這是箱型車，出入口的門在後方。只有用來採光的小窗，並沒有可以觀看外面的窗子。

只有一邊是長椅。一般的護囚車裡兩側都是椅子，但這輛護囚車只有一邊有長椅。

雖然兩名警察沒有見過這種護囚車，但是，因為駕駛座上還有兩名穿著制服的警察，他們認為這一定是警政署派來的車子，因此，並未多加懷疑。依照慣例，把二十面相夾在中間，坐在他的兩邊。

護囚車出發五分鐘後，發生了可怕的事情。

兩名警察坐著的地方，後面沒有窗子，卻有用鐵板打造的鐵壁，這時有四隻手從鐵壁伸了出來。

在人的頸部高度的鐵板部分，有橫向的縫隙，用絞鏈連接蓋子，蓋子是放下來的。現在蓋子被抬了起來，有四隻手從打開的縫隙間伸向兩名警察的頸部。

這輛護囚車一邊的鐵壁，是為了讓人能夠躲在裡面而打造的。現在有兩個人躲在那裡，從縫隙中伸出手來。

從夾著二十面相的兩名警察頸部的兩側，伸出了兩隻手，手上抓著好像手帕似的白布。

白布一下子就捂住兩名警察的口，並用雙手緊緊的按住。

警察嚇了一跳，想要甩開怪手，但卻被對方用可怕的力量勒住，根本無法擺脫。接著，摀住口的白布瀰漫著一股難聞的氣味，衝入喉嚨，之後兩人就昏倒了。看來這布上似乎是沾了麻醉劑。

兩名警察，就這樣的立刻躺在椅子上。

「好，已經沒問題了。就讓這兩個人躺在這裡，把車子開到荒涼的地方去，然後趕快逃走。也許明智那傢伙會發現那個電話，到時候全東京的警察就會從四面八方來抓我們呢！一直使用這輛車很不安全。」

二十面相對著躲在後面鐵壁中的手下說著，同時鬆脫了手銬。他本來就是善於開手銬的專家。

然後蹲在椅子前面，移開椅墊下面的暗門，拉出了大抽屜。裡面裝滿了變裝用的道具。二十面相從那裡拿出鏡子，照著自己的臉，開始變裝。六、七分鐘之後，換上不同的衣服，變了另一張臉，完全判若兩人。

先前假扮為古山博士，現在則假扮成六十多歲的老人。

這時，車子已經開進荒涼的空地。

「快，大家下車，把車子丟在這裡就好了。到時候一定會有人發現而救出這些警察。」

假扮成老人的二十面相，打開後面的門，跳出車外。駕駛座的兩名手下也下了車，脫掉警察制服，換上運動服。

接著，離開秘密躲藏處的兩名手下也下了車。這兩個人也穿著運動服。二十面相和四名手下橫越黑暗的空地，不知道逃到哪裡去了。

明智偵探揭開二十面相的秘密，而且也抓到了他。但是，二十面相卻和平常一樣，早就準備好脫困的絕招。

這個絕招就是製造假的護囚車。

明智發現電話及護囚車是假的之後，趕緊做了安排，但還是晚了一步。二十面相拋棄假的護囚車，已經逃之夭夭了。

可疑的小包裹

妖星人R，只是寶石大盜的惡作劇。名偵探明智小五郎發現這個秘密，也抓到了這名大盜，但是，怪盜二十面相就好像魔術師似的，早就準備好絕招，因此，最後還是被他給逃走了。日本及全世界的媒體都刊載了這個消息。

全世界的人看了之後，都感到驚訝萬分，也覺得很可笑。不過，仍然覺得有點可怕。

尤其是東京人，更是覺得很不可思議。二十面相隨時都會出現在東京，就好像魔法師一樣，會以令人意想不到的方式出現，震驚世人。

二十面相搭乘假的護囚車逃走之後，已經過了一個月，最近又開始發生奇怪的事情。

小林少年以及少年偵探團的團員們，都收到了相同的小包郵件。打開一看，裝在厚紙箱裡的是一隻螃蟹。有的已經死了，有的還是活的，正在那裡爬著呢！

並沒有寫寄件人的名字，也沒有留下任何的信，只有一隻螃蟹在裡面，所以，完全不知道這到底是怎麼一回事。但是，一看到螃蟹，就令人想到螃蟹怪人。

那個可怕怪物出現的前兆，就是會出現很多小螃蟹。而利用小包裹寄來螃蟹，難道是螃蟹怪人即將出現的前兆嗎？

螃蟹怪人是二十面相假扮的，那麼，到底二十面相又要做出什麼驚人之舉呢？

總之，接到螃蟹的少年們都害怕不已，於是大夥兒前來找小林團長商量。可是並沒有想出什麼好計策，因此，只好觀察一陣子再說。

有一天，小林少年和井上一郎走在澁谷區盡頭寂靜的巷道裡，卻發現了奇怪的東西。

「井上，在剛才那個巷子的轉角，是不是畫著和這裡相同的圖畫？」

小林用手指著巷子轉角溝邊的石頭。石頭上畫著這樣的圖畫。

「好像是螃蟹。」

「嗯！是螃蟹。才剛接到小包裹寄來的螃蟹。提到螃蟹，就讓我想起那個傢伙。」

「那傢伙是指？」

「怪盜二十面相囉！寄螃蟹來的一定是二十面相。那傢伙是在向我們挑戰。明智老師也是這麼說的。」

「哦！那麼在石頭上畫螃蟹的，可能也是二十面相或他的手下。」

「嗯！小心一點。看看地面，也許也畫在其他的地方。」

兩人站在下一個巷子的轉角處。因為在那裡的下水道口的鐵蓋上，也畫著同樣的圖案。

「啊！我知道了。只要朝著螃蟹眼珠的方向走，就一定可以在下個轉角處再看到相同的圖案。我們剛才就是朝著螃蟹眼睛看著的方向走過來的。」

說著，又走到下一個巷子的轉角，結果真的在那裡看到了圖畫。

兩個人就好像被什麼東西吸引住似的，沿著畫有螃蟹圖案的巷子走去。大概走了一公里，看到一棟大宅院。在這棟大房子門前的石柱上，也看到了相同的圖畫。

「井上，也許這裡就是終點。」

「嗯，可能是吧！要不要進去瞧瞧。」

鐵門是關著的，推也推不開，於是尋找門鈴，但也沒找到。

「找人問問看吧！啊，對面有一個香菸攤，那裡有個老爺爺，去問問他吧！」

兩個人走到香菸攤前，詢問老爺爺。

「請問對面鐵門緊閉的住宅是誰住在那裡？」

「那一棟啊？」

老爺爺笑著看看兩名少年。

「並沒有人住在那裡啊！」

「那麼，是空屋囉？」

在當時很少見到空屋呢！

「嗯！是空屋，沒有人住，既沒人租也沒人買。」

老爺爺頑皮的眨著一隻眼睛，看著兩名少年。

這附近全都是住宅區，店家只有這個香菸攤。已經是黃昏時分，四周微暗，感覺好像到了另一個世界似的。只有一個香菸攤，一個老爺爺

在這裡照顧攤位。老爺爺的嘴唇非常的紅，感覺好像是具有魔性的妖怪似的，讓人有點害怕。

「為什麼沒人住呢？」

井上問道。

「因為這棟房子很奇怪，有很多奇怪的東西在裡面。」

「是可怕的東西嗎？」

「我是沒看過，那是別人說的。但是，看它到現在都沒有人住，我想傳聞可能是真的哦！」

「老爺爺，你知道在門柱上用粉筆畫的螃蟹圖案嗎？來到這裡的路上有很多螃蟹圖案。我們是跟著那些圖案來到這裡的。」

聽到這麼說，不知為什麼，老爺爺的臉色大變，害怕得將視線緊盯著一個方向看，同時鮮紅的嘴唇不停的發抖。

「啊，螃蟹！好可怕！我不想再聽了。你們趕快回家吧！不要在這裡閒逛，也許即將要發生什麼可怕的事情哦！快回去，快回去！」

小林和井上，互相對望。

「老爺爺，你為什麼這麼害怕？你到底知道了些什麼？」

老爺爺不停的揮手。

「不知道，我什麼都不知道。啊，好可怕！我不說不好的事情，你們趕快回去吧！不要在這裡磨磨蹭蹭的，天黑以後就糟了。快回去，快回去！」

兩個人互相對看一眼，用眼神示意。為了讓老爺爺安心，於是說道：

「那麼我們回去了，爺爺再見。」

兩名少年，就這樣的離開了香菸攤，可是並沒有回去。過一會兒之後，又回到了有著石柱的門前，決定溜到裡面去一探究竟。

梅菲斯特

假裝讓老爺爺以為他們已經回家了，事實上卻繞道接近鬼屋。

在中途，小林用紅色電話（當時的公共電話大多是紅色的）打電話到明智偵探事務所，告訴明智老師他們要到可疑的鬼屋去探險，同時詳細的告知鬼屋的地點。

用力的推鬼屋洋房的鐵門，門無聲無息的被推開了。兩個人偷偷的溜到裡面。沿著鋪了小石子的路徑走了二十公尺，看到厚重的大門及玄關。小林兩人悄悄的推著門，門也是無聲無息的打開了。

「有人在嗎？」

小林大聲的呼喊。

「有人在嗎？」

不管怎麼叫，廣大的住宅裡還是一片寂靜，並沒有人出來。看來真的是一棟空屋。

「要不要進去啊？」

「嗯，進去吧！」

兩個人互相點了點頭，脫掉鞋子，爬了上去。

玄關有廣大的門廊，走廊一直朝屋內延伸。兩個人沿著走廊前進。走廊的兩側有幾扇門，門全都是關著的，裡面似乎沒有人。

朝著裡面前進，來到一個門敞開的大房間前。探頭進去瞧瞧，正中央擺著一張大桌子，桌前擺了幾張扶手椅，不過還是沒有看到任何人。

「要不要進去看看？」

小林輕聲說道，井上點了點頭。

兩個人進入廣大的房間，在裡面來回打轉。

厚厚的窗簾是拉上的，所以陽光照不進來，不過，天花板上垂掛下

來的華麗吊燈卻是亮著的，因此，待在這個房間裡，感覺現在好像是夜晚似的。

兩個人坐在扶手椅上互相對看。

「真奇怪，竟然開著電燈，好像晚上一樣。」

「可能會有妖怪出來喲！」

就在這時，房間的角落傳來咻的奇怪聲音，接著冒起了白煙。

兩名少年覺得很奇怪，看著白煙。

白煙愈來愈濃，連對面的牆壁都看不清楚了。不久之後，煙慢慢的變淡，在煙的背後竟然出現模糊的人影。

一名四十歲左右、身材消瘦而高眺的男子。

男子穿著有著長長尾巴的黑色燕尾服（男性參加晚宴時所穿著的禮服），擁有一張好像梅菲斯特（西方惡魔）的臉，留著前端往上翹的鬍子，髮型非常奇怪，看起來是用髮蠟弄成兩隻硬的角似的形狀。

在濃眉下方戴著無邊的四方形眼鏡，好像是度數很深的凸透鏡。鏡片後面的兩個眼睛看起來非常的大，瞳孔閃耀著可怕的光芒。

這個可疑的男子一邊拂開變淡的煙霧，同時朝這邊走過來。

「哇哈哈哈哈……，你們終於來了。非常歡迎。那就留在這裡好好的玩吧！」

男子用低沉的聲音說道，悠閒的坐在小林兩人對面的扶手椅上。

「這麼說來，你是在等我們囉？」

小林故作鎮靜地，用輕鬆的語氣問道。

「是啊！我知道你們發現那個螃蟹標誌之後，一定會到這裡來的。你是小林，而那位應該就是井上吧？」

「哦！你知道我們的名字啊？」

「是啊，平白受到你們許多的照顧，我想要向你們道謝。」

「你到底是誰？難道……」

小林擺好架勢，瞪著對方。

「哇哈哈哈……，是啊！正如你所想的，我就是怪盜二十面相。但是，不用擔心，我說道謝，並不是想要把你們怎麼樣。我很討厭讓別人受傷或是殺人。

我不想修理你們，只是想讓你們看一些有趣的東西罷了。

你們剛才在香菸攤聽老爺爺說這棟房子是鬼屋，但卻不害怕，仍然走了進來，真不愧是少年偵探團的團員。我要讓你們看有趣的東西。你們應該不會害怕吧？」

正如二十面相所說的，小林兩人現在根本不想逃走。

「你說有趣的東西，是指什麼呢？」

「哇哈哈哈……，是你們從來沒有看過的非常罕見的東西喲！是會讓你們大吃一驚的神奇東西。」

「到底在哪裡呢？」

「就在這裡。你看，就是那個。」

打扮成梅菲斯特的二十面相，抬頭看著天花板，招了招手。

這時，從天花板上掉下了直徑十公分、閃耀著光芒的球，咻——落在桌子的上方。

球是用細繩拉著的，可能是藉著某個機關迅速從天花板上垂掛下來的吧！

球停在距離桌面二十公分處，懸在空中，不斷的轉動著。

原來球的上面貼了好幾百個小鏡子，受到燈光的照射，看起來就好像寶石一樣，閃耀著光輝。

「你們認為妖星人R是我杜撰的謊言，而螃蟹怪人的真實身分也已經被識破，並認為我已經消失得無影無蹤了。但是，如果你們以為這樣就結束了，那也未免言之過早。

知道是二十面相在惡作劇，全世界的人都放聲大笑，但真的是我在

惡作劇嗎?難道沒有存在更深的意義嗎?你們以後就會知道的，你們一定會知道理由是什麼。

我即將讓你們看有趣的東西囉!你們兩個人要一直盯著垂掛在這裡的發光球，要一直盯著它看哦!」

打扮成梅菲斯特的二十面相，面露可怕的笑容，就好像樂團指揮似的，舉起雙手，靜靜的晃動著。

小林和井上依照他的吩咐，一直盯著發光球看。

似乎聽到鋼琴聲傳來，而且是引人入睡的節奏。兩個人的眼睛，一直盯著發光球，而對面的梅菲斯特的雙手，則慢慢的重複舉起、放下的動作。

有一種很奇怪的感覺。

發光球好像已經鑽進腦海中似的。腦海中充滿著亮光，似乎再也看不到其他的東西了。

藍黑色的液體

「來，讓你們看個有趣的東西。請跟我來。」

聽到這個聲音，兩人如大夢初醒般的找尋對方。剛才沒有看到任何東西，現在眼前竟然站著二十面相梅菲斯特。

感覺好像做夢一樣，不知道到底經過了多久，大約是三十分鐘吧！之前看到的那個發光球不知道到哪裡去了，可能回到天花板去了吧！又或者已經偷偷的溜進小林兩人的腦海中，消失不見了。

兩名少年在梅菲斯特的催促之下站了起來。

「就在三樓的屋頂上，那裡是我的天文台。到那裡去看天體望遠鏡吧！」

二十面相走出房間，爬樓梯時，燕尾服的尾端不斷的晃動著。兩名

少年跟著他上樓梯。

從二樓爬上了三樓，來到屋頂，看到放著大望遠鏡的圓頂房間。

「真奇怪，從外面看到的屋頂並不是圓的啊！」

小林心裡這麼想，看著井上。井上看著小林，似乎也在告訴他「真奇怪」。

「來，你們看這裡。因為是白天，所以肉眼看不到，但是利用望遠鏡，就可以看到R彗星。那個有著彎曲尾巴的彗星，透過望眼鏡，可以看得很清楚喔！」

在梅菲斯特的指示之下，小林首先用望眼鏡觀看。

望遠鏡裡全都是R彗星，可以看到紅色的尾巴在那兒旋轉著。彗星頭部的圓形處聚集了無數的小顆粒，但是，和地球或月亮等天體不同，即使是利用高度望遠鏡，也無法看清楚那個部分。

奇怪，這到底是怎麼回事?那些顆粒突然撲了過來。好像小的黑色灰塵般的顆粒，離開彗星的頭部，朝這裡飛了過來。

速度非常快，顆粒看起來愈來愈大。一顆、兩顆、三顆……，五顆……七顆，啊！有十一顆。

十一顆黑色顆粒脫離了彗星，朝這裡撲了過來。

已經不再是顆粒了。好像是扁圓形的東西，而且愈來愈大。

啊！和出現在空中的飛碟一模一樣，一邊旋轉，並將目標對準地球飛了過來。

「糟了，R彗星上的飛碟飛過來了。」

「是啊！這就是我想讓你們看的東西。井上，你也來看看。」

接著，輪到井上觀看望遠鏡。

感覺好像飛碟就在眼前似的，愈飛愈近。

像盤子般的扁圓形飛碟有十一個，而且一起朝這裡飛了過來。在原先看起來像顆粒的時候有點發黑，但是，現在看起來卻像是灰色的。

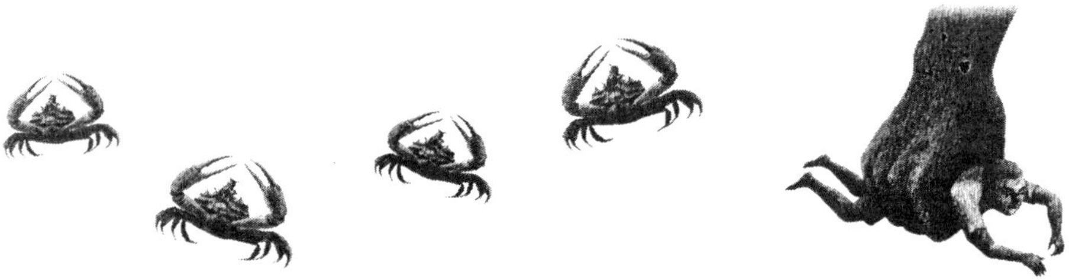

這些飛碟，佔據了整個望遠鏡的透鏡，感覺好像飛碟已經撞上望遠鏡似的。

「現在你們應該知道妖星人真的會來到地球吧！雖然螃蟹怪人是二十面相的惡作劇，但是看這個望遠鏡，你們就知道事實不是如此。他們每天都會飛過來，不久之後，地球就會被妖星人給佔領了。」

井上發現飛碟就在眼前，非常害怕，趕緊將視線從望遠鏡移開，用肉眼看著天空。

但是，天空中什麼也沒有。用望遠鏡看，感覺距離很近，可是事實上卻還在肉眼看不到的遙遠地方。

「飛碟打算在何處登陸？」

井上詢問梅菲斯特。

「不是陸地就是海中。像之前的傢伙就是來自海中。那飛碟就好像潛航艇似的，能夠潛入海底。」

小林又看了一次望遠鏡，「啊」的叫了起來，趕緊將視線移開。因為飛碟真的太近了，感覺就好像快要撞上自己的臉似的。

「來，下去吧！還有東西想要讓你們看呢！」

梅菲斯特說著，先行走下樓梯。兩名少年則好像做夢似的，跟著他走下樓去。

到了一樓，來到與之前不同的大房間。

這裡的窗簾全都打開，但是，因為已經是黃昏，而且窗外又有茂密的樹木遮住光線，所以，房間裡看起來微暗。

假扮成梅菲斯特的二十面相，站在房間的正中央，停留了一會兒之後，好像突然發現了什麼似的，側著頭豎耳傾聽。

二十面相的臉上突然出現驚訝的表情，戴著四方形無邊眼鏡的眼睛瞪得大大的，宛如快要凸出來似的，臉色蒼白。

這個房間有兩個門。在剛才大家走進來的門的對側，有另一扇緊閉

著的門。

二十面相躡手躡腳的接近門，耳朵貼在門板上，打算偷聽對面的聲響。

四方形眼鏡中的大眼睛閃耀著光輝，一眨也不眨的，但眼神中卻透露出驚訝的神情。到底是什麼東西？竟然會令二十面相感到害怕。

二十面相只是站在那裡聽著，後來似乎無法忍受似的，轉動門把，悄悄的把門推開些許的細縫偷窺。

啊！糟糕，雖然想趕快把門關上，但已經來不及了。

從門的另一邊流入藍黑色的液體，就好像波浪一般的流了進來。即使二十面相用力的想要關上門，但是，因為液體的流動力量太強，門就這樣的被沖開，而液體也就這樣的流了進來。

二十面相鬆開抓著門的手，想要逃走，但是，液體卻已經泡到他的腳。黏乎乎的液體，讓他動彈不得。

液體從二十面相的褲子，慢慢的蔓延到腰部。液體竟然往上流，真的很奇怪。就好像蛞蝓（一種軟體動物，就是「蜒蚰」）似的，沿著褲子，不斷的往上爬。

二十面相的腰部以下，已經被液體包圍住了。

液體繼續的往上爬，從褲子慢慢的爬到了上衣的部分。

「啊！是螃蟹。小螃蟹慢慢的移動，看起來就好像液體一樣，有成千上萬隻的螃蟹。」

井上察覺到這一點，大叫了起來。

以前，二十面相假扮成螃蟹怪人的時候，會利用許多小螃蟹來做為自己即將要出現的前兆。既然這樣，那麼，二十面相又為什麼這麼害怕這些螃蟹呢？難道現在這些螃蟹想要報復主人嗎？

「哇，救命啊！」

二十面相發出求救聲。

仔細一看，螃蟹已經爬到他的肩膀上了。二十面相想要拍掉牠們。然而不管怎麼拍，螃蟹還是一直往上爬，而且數量愈來愈多。已經從頸部爬到臉上了，連臉上都是螃蟹。在那裡慢慢爬行的藍黑色螃蟹，使得二十面相的臉看起來非常的可怕。

「啊！不行了，小林、井上，我已經不行了。接下來的，只有你們看得到。還有很多有趣的東西。有很多你們從來沒有看過、聽過的可怕東西在等著你們了。

啊！螃蟹開始吐出泡沫了。這些泡沫會把我溶化，你們不要靠近我喔！我已經沒救了。啊！我已經不行了。」

全身都被螃蟹包圍的二十面相，已經變得模糊不清了。螃蟹不斷的吐出泡沫。雙膝跪地的二十面相，完全被白色的泡沫給包圍了。

接下來發生了非常可怕的事情。被螃蟹包圍的二十面相，就好像被溶化似的，愈來愈小。然後就這樣慢慢的攤平在地上，接著就不見了。

最後只剩下一大群螃蟹，變成黏稠的藍黑色液體，靜靜的在地面上流動著。

螃蟹妖怪

小林和井上看到這種情景，毛骨悚然，全身寒毛直豎。

「啊！糟了，流到這裡來了。」井上叫道。

藍黑色的液體就好像怪物的舌頭一樣，朝這裡迅速延伸了過來。如拇指般大的小螃蟹，成千上萬隻的聚集起來，朝這裡前進，看起來有如液體一樣。

兩名少年趕緊逃離這個房間，關上門，緊緊的頂住門，以免螃蟹把門推開。

藍黑色的液體就好像波浪一般，在門的另一邊撞擊著。門一下子就變成了弓形，牠們的力量真是可怕。

「啊！你看，從門下面流了進來。」

井上大叫道。

在門下有一公分的縫隙。小小的螃蟹已經從縫隙中鑽出來了。感覺就好像藍黑色的液體不斷的流出來。

兩名少年「哇」的大叫，拚命逃。

奔跑在走廊上時，看到有一個門打開的房間，於是趕緊跑了進去，緊緊的關上門。

藍黑色的液體要流到這裡，還需要花一段時間。如果流過來了，就打算從窗子跳到庭院去。

這個房間有三扇往上推的舊式窗子，中間的窗子是開著的。

「咦！那是什麼？」

小林指著窗子。

一看，好像大樹般的東西從打開的窗子爬了進來。是滑溜溜的藍黑色樹幹。前端分為兩股，慢慢的張開、閉攏。

「啊！是螯，是螃蟹螯。」

井上大叫著。

但是，會有這麼大的螃蟹嗎？從來也沒想過會有如樹幹般大的螃蟹螯。

兩個人就好像僵硬的石頭一樣，只能手牽著手，呆在那裡看著這一切。

巨大的螃蟹螯不斷的延伸，從窗子爬進來了。另外，還有螃蟹的眼睛。螯後面的螃蟹眼睛，有著如足球般大的眼珠，不斷的轉動著，瞪著這一邊。

藍黑色的螃蟹殼下面是可怕的螃蟹嘴，嘴裡不斷的吐出泡沫。這是

比人大上十倍的螃蟹妖怪。

螃蟹妖怪想要從窗子爬進來，但是，因為身體太大而進不來。

於是側著身子，想要勉強鑽入。這時推窗上方的玻璃發出可怕的聲響，玻璃裂開掉落了下來。

宛如兩棵大樹般的螯，不斷的朝這裡伸了過來，眼看著就快要夾住兩名少年了。像足球般大的眼珠子，一直瞪著他們。

「哇！救命啊……」

兩名少年大叫著，逃到走廊，朝原先的房間跑了五、六步，回頭一看，不禁呆立在原地。

原來對面也有敵人逼近。那些藍黑色的液體，遍布整個走廊，好像波濤般的朝這裡流了過來。

「哇！」

兩人又一次的大叫，拼命朝相反的方向逃去。

但是，在那裡的那個房間，則已經被巨大的螃蟹破壞窗戶，爬了進來，變成一個可怕的房間。

兩名少年通過那個房間的門前。這時房門啪的打開，如大樹般的螃蟹螯又繼續伸了過來。

兩名少年又「哇」的大叫，趕緊閃躲。眼看著就要被夾住，千鈞一髮之際，終於還是躲開了。

兩人在微暗的走廊上拚命奔跑，因為後面有可怕的東西正在追趕著他們。藍黑色液體的流速並不快，可是比人大十倍的螃蟹，行動速度卻非常的快。

回頭一看，螃蟹妖怪已經遍布整個走廊。可怕的八隻腳發出啪啪的聲音，像足球般大的眼睛不斷的轉動，朝他們追趕而來。

兩個人拚命的往前跑。

「哇……」

突然，井上好像被什麼東西絆倒，摔跤了。螃蟹妖怪就快要追上他了。啊！可怕的螯已經纏住井上的腳了。

小林少年趕緊退回去，抓著井上的手，把他拉開來。但是，大螃蟹的螯已經夾住井上的褲子，井上又跌倒了。如足球般大的眼珠子就在身邊，口吐泡沫，好像正在那裡莞爾的笑著。

井上拚命的掙扎，不斷的移動自己的腳。被夾住的褲子，從身上滑落，終於擺脫了螃蟹的螯。

井上在小林的幫忙下站了起來，繼續往前跑。

兩人根本不知道到底跑到了哪裡。

總之，終於離開了建築物，來到廣大的空地。

「咦！這個地方怎麼會有這麼大的空地呢？」

兩名少年覺得很不可思議的看著四周。

妖星人的森林

「啊！小林團長。」

「啊！井上。」

突然，發現空地的另一端有許多少年朝這裡跑了過來，全都是少年偵探團的團員。包括口袋小鬼，還有暱稱為阿呂的野呂一平。

算一算，有十三人，再加上小林、井上兩人，總共十五人。十五名少年全都到齊了。

「你們怎麼會在這裡呢？」

當小林詢問時，就讀中學一年級的木村回答道：

「不是小林團長打電話叫我們來的嗎？我們全都到了那棟鬼屋洋房去，結果遇到很奇怪的叔叔，還有閃耀著光芒的鏡子球從天花板上垂

掛下來，後來我們大家都睡著了。醒來之後，發現我們都在空地上，就好像做夢一樣。」

小林少年記得自己並沒有打過電話。心想，這一定又是二十面相所為。二十面相無所不能，他會模仿小林的聲音，打電話把主要的團員都叫來。

小林比較擔心的是螃蟹妖怪的事情，於是回頭看。

真是太不可思議了。後面是一片廣大的空地，那棟洋房已經消失得無影無蹤。

真的好像在做夢。天空、空地全都是微暗的鉛灰色，和夢中的情景一模一樣。

少年們包圍著小林團長，站在那裡。這時口袋小鬼手指天空，大叫：

「哎呀，你看，好多喔！全都飛過來了。」

大家抬頭看向天空。

灰色的小東西，多到連數都數不清楚，全都飛了過來。和小林等人之前從天體望遠鏡中所看到的情景一模一樣。在天空飛的飛碟正在接近地球。之前是用望遠鏡觀看，但是，現在只要用肉眼就看得到了。

飛碟正以驚人的速度飛快的接近他們，形狀愈來愈大。一、二、三、四……十一、十二、十三、十四……二十一、二十二……，數都數不清楚，可以清楚看到的，就有一百個以上，而後面還有很多看起來像灰塵般小小的飛碟。

難道R彗星中真的有生物嗎？即使二十面相是魔法師，但也不可能讓飛碟在空中飛啊！難道妖星人R並不是二十面相杜撰出來的嗎？

最接近的飛碟，看起來像盤子那麼大。原先是灰色，但是，現在看起來是藍黑色的。

「你看，那個飛碟有腳。」

是阿呂的叫聲。

真的有腳，而且有八隻腳，還有兩隻大大的螯。

是螃蟹。螃蟹從空中飛下來。數也數不清的有腳飛碟朝下飛來，而且愈來愈大。現在看起來好像已經有如下水道的人孔蓋那麼大了，甚至連那可怕的螃蟹肚皮都看得一清二楚。

螃蟹飛碟愈來愈大，可以看到大螯和八隻腳在那裡晃動著。

直徑從三公尺變成四公尺、五公尺……七公尺、八公尺，好大的螃蟹妖怪。當直徑大到十公尺的時候，最接近的螃蟹飛碟在距離少年們一百公尺遠的空地登陸。

飛碟陸續登陸。十、二十、三十，數都數不清。放眼望去，廣大的空地上全都是巨大的螃蟹飛碟。

這些螃蟹妖怪揮舞著大螯，移動八隻腳，看起來非常的可怕。

最接近他們的螃蟹的背上有東西在移動著。啊！是怪盜二十面相。

之前被小螃蟹群吞沒而消失的二十面相，曾幾何時，已經爬到螃蟹飛碟

的背上了，而且依然維持那副很討厭的梅菲斯特的打扮。

「哇哈哈哈……少年偵探團的團員們，你們一定嚇了一大跳吧！我們R彗星出征到地球，我是R彗星的總統。現在就讓你們看看我的同志們。乒、乓、砰、乒、乓、砰……」

空地上響起可怕的聲響。

立刻發生了怪事。每個螃蟹飛碟上各出現了三名螃蟹怪人，站在飛碟的背上。接著，螃蟹飛碟的中間裂開，他們就從那裡爬出來。飛碟再次合攏。光是在空地登陸的飛碟，就有兩百個以上。背上全都站著螃蟹怪人，就好像螃蟹怪人森林似的，簡直就是螃蟹怪人大軍團。

螃蟹怪人的醜陋長相，大家都很熟悉。有如螃蟹殼般的頭，兩隻觸手，兩個好像汽車車頭燈般發光的眼睛，穿著鐵甲的身體，戴有鐵螯的手臂，也就是妖星人R。

「哇哈哈哈……，怎麼樣，很驚訝吧！看到你們嚇得目瞪口呆的樣子，我真是痛快極了。哇哈哈哈……。但好戲還沒有結束呢，我還有更有趣的東西要讓你們看。請看那邊。」

假扮成梅菲斯特的二十面相，雙手高舉，在頭上轉動著。結果，發生了出乎意料之外的可怕事情。

名偵探與怪盜二十面相

不斷飛來的螃蟹飛碟，陸續的掠過少年們的頭上而降落。可以看到令人討厭的帶有白色線條的腹部……。

最初遭到攻擊的是井上。當飛碟飛近他的頭上時，他嚇得逃開了。但是，不管逃到哪裡，飛碟都緊追不捨。

宛如大樹般的兩隻螯往下伸，夾住井上兩隻手臂，把他拉向空中。井上就這樣的被螃蟹螯夾住，飛到高高的天空上。

同樣的情況也陸續發生在十五名少年身上。一下子工夫，就好像老鷹抓小雞似的，螃蟹飛碟飛下來抓住少年，把他們拉到空中去。十五個飛碟各抓了一名少年飛向天空。

這和搭乘飛機或直升機的情況完全不同。被大螃蟹螯夾住，掛在天空，不知道什麼時候會被拋下來。一旦被拋下來，當然就沒命了。

小林少年在被螃蟹飛碟抓住後，心裡想著：

「真是不可思議，是不是在做夢啊？」

的確如此，感覺就好像在做惡夢似的。頭腦一片空白，似乎一切都是霧裡看花。

小林盡量讓自己保持頭腦清醒，想要從夢中醒來，但是，卻一直無法去除朦朧的意識。一股可怕的力量，使得自己的心不斷的朝可怕的方向思考。

後來發現四周已經非常暗了。離太陽下山還有一段時間，但是，卻覺得四周非常的昏暗。

雖然昏暗，但是在自己的上面和下面，各有一名少年被抓住了。有十五個螃蟹飛碟在飛著。個性沈穩鎮靜的少年，即使被抓到空中，也依然保持鎮靜，但個性膽小的少年，則開始啜泣掙扎。不過，愈掙扎就愈不安全。他們做夢也沒有想到會發生這種事情，其中哭得最大聲的就是野呂一平。

往下看，一片漆黑，不知道現在到底在多高的地方。通常在夜晚可以看到街燈，但是，現在卻看不到任何一盞燈。難道真的已經飛到很高的地方去了嗎？

「哇哈哈哈……」

這時，不知道從哪裡傳來了二十面相的聲音。

「哇哈哈哈……，怎麼樣？害怕了吧？就算是勇敢的少年偵探團，在遇到這種情況時也沒有辦法再逞強了吧？這就是我給經常打擾我工

作的你們的謝禮，知道了嗎？接下來還會發生更可怕的事呢！」

果然，立刻就發生了可怕的事情。

夾著小林雙手的螃蟹螯啪的鬆開，小林的身體就這樣的在漆黑的空中往下墜落。

高度深不可測。最初是直直的往下掉，後來，慢慢的變成重的頭朝下，以倒立的方式往下掉。

這時，還是可以看到周圍的空中。結果，發現十五名少年的身體全都倒立的往下掉。風的聲音在耳邊咻咻作響，阿呂的哭聲在空中迴響，慢慢的朝下掉落。

降落的速度愈來愈快，咻咻劃破風的聲音擦過耳際。但是，不管再怎麼往下掉，也到不了下方。如果撞到地面，當然必死無疑，然而卻沒有撞到地面。速度愈來愈快，已經是靠人類的力量無法達到的速度了。

就算是小林，也終於昏倒了，而其他的少年更是不用說，早就已經不省人事。十五名少年，就這樣的在一片漆黑的空中昏了過去，不斷的往下墜落。

不知道到底經過了多久，小林突然睜開眼睛。

已經聽不到劃破風的聲音，四周一片寂靜。這裡不是空地，而是在大房間裡。藉著燈泡微暗的光線，可以讓他看到躺在身邊的許多少年。大家都還沒有醒過來。

在房間裡，有一處好像被鎂光燈的焦點聚集的地方，看起來非常的明亮。

「啊！明智老師。」

的確是名偵探明智小五郎站在那裡。站在他對面的，則是打扮成梅菲斯特的怪盜二十面相。巨人和怪盜距離五十公分，互相瞪著對方。

二十面相四方形眼鏡後面的眼睛，看起來就好像快要迸出來似的。額頭不斷的冒汗。

明智偵探的眼中也露出可怕的凶光，瞪著二十面相。但是，偵探的臉上並沒有流汗。

大鬥爭

「啊！老師來救我們了。」

小林立刻發現到這一點。因為之前打紅色電話向老師報告要來調查這棟鬼屋。

明智偵探和二十面相沈默不語，一直互相瞪著對方。

兩個人的眼神都非常可怕，就好像要置對方於死地似的。

尤其是明智偵探的眼睛，一眨也不眨的，閃耀著光輝，就好像閃電一般，以對方的臉為目標，想要撲過去似的。

二十面相的臉上一片通紅，汗珠直冒。不斷努力，希望不被明智可怕的眼神所打倒。

接著，發生可怕的事情。二十面相使用魔力，讓那些可怕的螃蟹全都出現了。一隻、兩隻、三隻、四隻、五隻，啊！你看，比人類大好幾倍的螃蟹總共出現了五隻。巨大的螯在那裡一開一閉的，逼近明智偵探。

「哇哈哈哈哈……明智先生，知道我的厲害了吧！你就快要被螃蟹吃掉了。」

打扮成梅菲斯特的二十面相，在螃蟹妖怪的身後用可怕的聲音笑著。

結果如何呢？接下來輪到明智偵探使用魔法了。

從站著的明智身體上，分出了另一個明智，多出一個人站在那裡。

接著一個又一個，除了真正的明智偵探之外，陸續出現五個明智，排成一列。

「哇哈哈哈哈……，會使用魔法的不只是你而已。你看這個。」

當明智說完時，五個明智分別撲向五隻大螃蟹。

螃蟹和人的大格鬥。這是一場可怕的鬥爭。大螃蟹揮舞著兩隻螯，想要打倒對方。

五個明智則用雙臂抓住螯，以可怕的力量將螃蟹當場扳倒在地。

站在後面看著這一切的明智偵探，臉上開始流汗了，可是銳利的眼睛卻還是一眨也不眨的瞪著梅菲斯特二十面相。明智的雙眼就好像在噴火似的。

二十面相汗水淋漓的臉已經發紫，眼睛和嘴巴全都垂了下來。二十面相輸了，是輸給明智偵探的眼神。

五隻大螃蟹分別被五個明智給壓倒，螃蟹的八隻腳在那裡不斷的掙扎著。但奇怪的是，原本巨大的螃蟹，卻變得愈來愈薄，然後慢慢的消失了。

壓住螃蟹的五個明智，現在全都包圍著梅菲斯特的二十面相。

「喔啊啊啊……」

二十面相發出可怕的叫聲，回過頭死命的往外跑。五名明智，如影隨形的跟著他，消失在對面。

「老師。」

小林少年大叫著，跑到明智偵探的身邊。

「哦！小林，你們都中了二十面相的催眠術，我來救你們了。我和二十面相比催眠術，結果我贏了。快，快去追那個傢伙，你們也跟我一起來。」

接著，明智偵探朝二十面相逃走的方向跑去。

十五名少年之前中了催眠術，但是，明智偵探已經破解二十面相的催眠術，所以，他們也如夢初醒一般，全都清醒了過來。

從天體望遠鏡中看見在天空飛翔的飛碟，以及小螃蟹好像液體般的湧出、窗外的大螃蟹爬了進來，還有空中的一大群螃蟹，全都是因為中了催眠術而產生的幻覺。

二十面相的同夥五隻大螃蟹，以及從明智偵探的身體分出來的五個分身，都是兩個人進行的可怕心理競爭，是一種幻覺。少年們因為還沒有從催眠術中醒來，所以產生了這些幻覺。能夠一次讓十五名少年全部中了催眠術，二十面相的確很厲害。

但是，明智偵探則是佼佼者中的佼佼者。就算是小林，也不知道明智老師竟然是這麼厲害的催眠大師。

火把之火

明智偵探和少年們在走廊上奔跑著，追趕二十面相。

只有一條走廊。可以看到二十面相逃進盡頭房間的背影。

可是當大家跑進房間以後，卻發現裡面空無一人。三扇窗子都緊閉著，而且全都從內側上了鎖。二十面相怎麼可能消失了呢？

明智偵探找到安裝在牆上的隱藏式按鈕，按下了按鈕。

聽到咔噹的聲音。地面露出一公尺見方的洞。原來是通往地下室的入口。

看到之後，明智指示少年們。

「小林和井上到地下室去，其他人則到庭院等待。二十面相最後的王牌就是藏在庭院裡，我已經做好了準備。我接到小林的電話以後，就趕緊用車子載了大型道具到這裡來，待會兒你們就會知道是什麼樣的道具了。

此外，我也聯絡了警政署的中村警官。不久警車就會到達，所以你們不用害怕。」

遵從明智的命令，少年偵探團的十三名團員到廣大的庭院去。晚上九點鐘，在一片漆黑的庭院中到底隱藏著什麼樣的王牌呢？

明智偵探和小林、井上兩名少年，從地上的洞走向地下室。那是有

著幾個房間的大地下室。

明智準備好會發出強光的手電筒。用手電筒照路前進，進入一個奇妙的房間。

這個房間站了許多好像西服店櫥窗中的男女人偶，但是，並非赤身裸體，而是全都穿著衣服。

二十面相一定是躲藏在裡面。

明智偵探用手電筒照著每一個人偶。

人體模特兒的臉陸續出現在強光中。

咦！看到戴著四方形眼鏡的梅菲斯特人偶。那傢伙好像覺得手電筒的光太亮似的，正在眨眼。

「啊！你就是二十面相。」

當明智和兩名少年正打算撲過去的時候，二十面相迅速的逃開了。

「哇哈哈哈哈……我是人偶，是梅菲斯特人偶。哇哈哈哈哈……」

二十面相一邊逃，一邊高聲的笑著。

明智一邊揮舞著手電筒，一邊追趕。

陸續通過兩個房間，來到盡頭的小房間。此時聽到咻的擦亮火柴的聲音，還有啪的燃燒火把的聲音。二十面相手持小型火把，雙腳岔開，站在那裡。

「哇哈哈哈哈……喂！你看看這個，這個桶子裡裝滿了火藥。正如你們所看到的，蓋子是打開的。我只要將火把扔入桶中，就會引起大爆炸。這棟住宅、我，還有你們，全都會被炸個粉碎。怎麼樣？要命的話就趕快離開地下室，否則，明智先生，你將要和二十面相一起死在這裡了。哇哈哈哈哈！」

他揮舞著火把，彷彿覺得自己獲勝似的大笑著。

啊，真危險！一旦火把的火花掉到裝了火藥的桶中，就有可能引起大爆炸，到時候一切都無法挽救了。

小林和井上嚇得臉色蒼白，想要逃走。但是，明智偵探並不害怕，態度十分的鎮定。

「哈哈哈哈！」

這時輪到明智笑了。

「你仔細看看桶中，火藥全都泡了水。即使將火把扔進去，也只會發出咻的滅火聲而已。」

「什麼？泡水？」

二十面相慌張的看著桶中。

「啊！你竟然在這裡面澆水。」

「是啊！當你在為少年們施行催眠術的時候，我就已經仔細檢查過這個房子了。我當然要在危險的火藥上澆水！」

「畜生！」

二十面相扔掉火把，朝這裡撲了過來，穿過明智和兩名少年之間，以驚人的速度逃走了。

「啪噹！聽到暗門打開的聲音，同時看到對面露出可供一人通過，好像隧道般的洞穴。

二十面相鑽進洞中爬行。

明智偵探和兩名少年也鑽入洞中，邊爬邊追趕二十面相。

隧道大約有二十公尺長。終於來到寬廣的場所，好像是庭院。

空戰

在庭院中等待的十三名少年，已經熟悉了黑暗，立刻就發現二十面相的出現。

「哇……」

聽到高亢的叫聲，少年們準備撲向二十面相，抓住他。

但是，對手的力量實在很大，正在做垂死的掙扎。二十面相擺脫了少年們的糾纏，跑向聳立在庭院中的櫧樹下。

這裡有三棵櫧樹，都是高二十公尺的大樹。

二十面相爬上右邊的櫧樹樹幹，並且往上爬，他的動作就好像擅長於爬樹的猴子一樣。

但是，除了二十面相之外，還有一個很會爬樹的高手，那就是明智偵探。偵探就好像在和二十面相比賽似的，輕輕鬆鬆的爬著三棵樹正中央的那棵櫧樹。

在一片漆黑的庭院中，開始進行爬樹比賽。這到底是怎麼一回事呢？

小林和井上兩名少年感到非常驚訝，呆立在櫧樹下。

這時，聽到櫧樹頂端傳來奇妙的聲音。

噗隆、噗隆、噗隆、噗魯隆、噗魯隆、噗魯隆。

有如螺旋槳劃破風的聲音。

小林、井上以及其他十三名少年，都抬頭看著一片漆黑的天空。

這時，在這棟住宅門前有汽車停下來的聲音。

小林聽到之後，趕緊朝那裡跑去。

正如小林所料，這是警政署的汽車。接到明智偵探的通知，中村警官立刻帶著部下趕來。

小林少年拉著警官，慌忙的說出事情的始末。

「二十面相和明智老師現在就在庭院的櫧樹那裡進行爬樹比賽，櫧樹頂上有好像螺旋槳轉動的聲音。你看，就是那個，聽得到嗎？」

「嗯！聽得到。那傢伙應該是準備了能夠揹在背上的螺旋槳吧！」

「我也是這麼想。」

「好，那麼就用探照燈搜索一下。」

警車裡有小型的探照燈。中村警官吩咐部下的刑警把它拿到庭院中。

好像白棒般的光亮，伸向漆黑的天空。原來探照燈已經打開了。

咦！在儲樹頂端，現在正有兩個人爭相爬向空中。原來是明智偵探和二十面相。兩個人都揹著中村警官所說的背上型螺旋槳。

二十面相把這個螺旋槳（第九集『宇宙怪人』、第十九集『夜光人』、第二十一集『鐵人Q』、第二十二集『假面恐怖王』等故事中所發生的事件）藏在樹頂的樹枝上，然後揹在背上，逃向空中。在以前曾經使用過好幾次。

這是法國人所發明的個人飛行工具，而二十面相把它買來了。全日本擁有這個工具的，只有二十面相一個人，但是，不知道為什麼明智偵探也得到這個東西。

明智曾經因為二十面相使用這個工具而讓他給逃走了，於是拜託在法國的朋友說服發明家，自己也擁有同樣的東西。這次將它藏在二十面相藏匿處的櫧樹頂上，今晚是頭一次使用。

在空中飛翔的二十面相、在空中飛翔的明智偵探，兩個人在空中展開空戰。探照燈的光線清楚的照著這一切。

噗隆、噗隆、噗魯噗魯、噗魯魯魯、噗魯隆、噗魯隆、噗魯魯魯魯魯。

可怕的戰爭，一對一的空戰。一邊是想要逃走的二十面相，而另一邊則是想要抓住他的明智偵探。

揹著裝有馬達的箱子、像直升機的螺旋槳就在頭上，所以，手腳都非常的自由。

明智把自己長的螺旋槳，朝二十面相的螺旋槳撞了過去。認為只要把它撞壞，兩個人就可以一起掉落在地。而地上有很多幫手，所以，應該可以制伏敵人。

探照燈的光，一直照著這個神奇的空戰場面。

噗隆、噗隆、噗魯隆、噗魯隆。

兩個螺旋槳迅速交錯。明智不斷的追趕，而二十面相則不斷的逃，

一下子飛到那邊的天空，一下子又飛了回來。好像在黑暗的空中畫大圓似的，展開了追逐戰。

明智的螺旋漿旋轉得非常快，同時來個燕子翻身，由下往上衝撞二十面相的螺旋漿。

啊！螺旋漿被撞到了，發出奇怪的聲音。兩個螺旋漿都停止旋轉。明智和二十面相都慢慢的朝地面落下。

這時正好降落到櫧樹上，兩個人都撞到樹頂，抓著樹枝掉到地上。掉下來的螺旋漿勾到樹枝，掉得比較慢，所以兩個人都沒有受傷。

中村警官和部下刑警，以及小林等十五名少年偵探團團員都「哇」的叫著，趕緊跑了過去。

二十面相的身體，似乎受到強烈的撞擊，就這樣的倒在地上，無法起身。兩名刑警撲了過去，將他銬上手銬。

明智偵探卸下壞掉的飛行工具，走到二十面相的身邊。幸好他沒有受傷。

「喂，明智先生，謝謝你的幫忙，我們終於抓到這個傢伙。這一次他逃不掉了。」

中村警官很感謝的說道。

「嗯！這次要借坐你的車，我也跟在旁邊。在還沒有讓他進入個人牢房、把牢房上鎖之前，絕對不能夠掉以輕心。」

明智說道，面露苦笑，和中村警官對望一眼。

「這傢伙視少年偵探團的孩子們為眼中釘。在路上用粉筆畫螃蟹圖案，引誘小林等人到他的賊窩去，還利用電話把少年偵探團的十三個小孩也騙了過去，然後對他們施行催眠術，讓他們有了可怕的回憶。少年們看到很多不可思議的幻象，但是，這些都不是真正發生的事情，只是催眠術下的幻覺而已。

小林在還沒有溜進巢穴之前，就事先用電話通知我，因此，我趕緊

通知你，同時把飛行工具裝在車上帶來。於是我利用孩子們被二十面相關在房間裡，而且被施行催眠術的這段時間，仔細檢查整個住宅，先下手為強。

然後與二十面相正面交鋒，展開催眠術大戰。的確是一場非常可怕的戰鬥。還好我在這場戰鬥中獲勝了。」

「不，就像平常一樣，你的技巧真是沒話說。因為你的幫忙，所以我們才能抓回逃走的二十面相。」

「不，那是因為小林發現了這棟住宅，而且還慎重其事的先打電話通知我。這一點你可不要忘記囉！」

「嗯！我要向小林以及少年偵探團的團員們致謝呢！」

中村警官笑著低頭向他們道謝。

「明智老師萬歲！小林團長萬歲！」

少年們齊聲對著讓他們尊敬的這兩個人高呼萬歲。

少年偵探

天空的魔人

江戶川亂步

雲上的怪物

少年偵探團的小林團長，和團員中力量最強的井上一郎，以及有點膽小，但卻非常可愛的野呂一平，三個人在寒假時到長野縣的某個溫泉地去旅行。

我們就把這個溫泉地，叫做矢倉溫泉好了。他們先搭國鐵（現在的JR），再改搭私鐵，到達矢倉站，然後爬些山路，就到了溫泉村。那是有群山圍繞、風景優美的溫泉地。

溫泉區有一家叫做常磐館的旅館，老闆是井上的叔叔，因此，井上邀請小林團長和野呂，打算在這裡待個五天。

井上的爸爸原本是拳擊選手，井上也常常練習拳擊。由於天生力量強大，而且也善於打拳，所以在學校沒有人打得過井上。

野呂一平的綽號叫做阿呂，動作十分敏捷，可是比較瘦小，沒有力氣，也比較膽小。

既然膽小，那麼，又為什麼能夠加入少年偵探團呢？這是因為阿呂非常崇拜小林團長，經由再三的請求，小林終於答應讓他加入。小林也很喜歡阿呂。阿呂雖然膽小，但卻很聰明，也很可愛，和大家都相處得很好，所以決定讓他加入，成為團員。

三個人到達常磐館時，井上的叔叔、嬸嬸都深表歡迎，說道：「來得好，來得好。」

常磐館的旁邊有岩石圍繞的露天溫泉。三個人先去泡個溫泉，游個泳，嬉鬧一番之後，再回到房間吃美味的晚餐。

當時，為他們打點一切的，是個很愛說話的女服務生。和他們說了很多話，而且還說了一些很奇怪的事情。

「聽說你們是少年偵探團，真是太好了。現在這個村裡發生了令人

提心吊膽的事情，連警察都束手無策，真的是很可怕耶！」

女服務生是個鄉下人，口音很重，說的話讓人聽不太懂，但是，大概知道話中的意思。

三名少年聽了之後，精神抖擻。事實上，他們似乎正在等待這樣的話題出現。

「妳說令人提心吊膽的事情，到底是什麼事啊？」

小林團長趕緊問道。

「不知道為什麼，雲上出現了可怕的妖怪，在做壞事呢！」

話題愈來愈有趣了。

「壞事？什麼樣的壞事呢？」

「從雲上伸出粗大的手，抓了雞和菜園裡的菜，甚至還抓了牛、馬去殺呢！」

「姊姊，妳看過那隻大手嗎？」

「不，我並沒有看過，但是很多人都看過。據說那妖怪的手臂有松樹那麼粗呢！」

三名少年互相對看，心想，怎麼可能會有這種事情發生呢？巨人的手從雲中伸出，抓了各種東西，這是以前從來沒有聽說過的事情。

「姊姊，妳是不是故意說這樣的事情來嚇唬我們呢？妳是不是覺得東京的孩子根本不知道山裡面的事情，所以故意嚇我們呢？」

阿呂笑著問。雖然有點害怕，但還是用笑容來掩飾內心。這時，女服務生以嚴肅的表情說道：

「不，我不是故意嚇你們的。我根本不會說這些嚇唬人的話，是真的事情。可是你們不能讓老闆知道是我告訴你們這件事情的喔！因為這些傳聞會使客人不敢來溫泉地，那麼生意可就做不成了。因為你們是少年偵探團的人，所以，我想告訴你們應該沒有關係！你們不能告訴其他的客人喔！如果老闆知道是我說的，我一定會挨罵的。」

少年們還想再知道點詳情，但是，女服務生說自己也沒有看過，所以也不知道詳情。

第二天，井上趁著叔叔在的時候，若無其事的詢問這件事情，但並沒有說是從女服務生那裡聽來的。叔叔面露困惑的表情說道：

「一郎，原來你也聽說啦！真的是無稽之談。巨人的手竟然從雲上伸下來，還抓了各種東西。這種事情真是令人難以置信。我想應該是小偷偷走各種東西，然後故意造謠，說那是巨人所做的事情，這樣自己就不會被抓了。」

「那麼，經由警察的調查，就應該了解事情的真相啦！這個村子裡應該有警察吧！」

聽到井上這麼說，叔叔點頭說道：

「當然囉！有警察分局，還有四、五名警察。這些警察也努力的調查，但是並沒有抓到小偷，真是很糟糕。」

說完以後，嘆了一口氣。

爬上天的白犬

但是，後來大家發現井上叔叔的說法是錯誤的。因為從雲中伸出巨人的手臂並不是謠傳。

少年偵探團的團員井上和阿呂，就親眼目睹了這個可怕的事情。

到達溫泉地的第二天的傍晚，三名少年又去露天溫泉洗溫泉。這是個陰天下午，大概才剛過五點，但四周已經有點昏暗，甚至遠處都看不清楚了。

原先只有他們三個人在泡湯，不久，在露天溫泉的岩石另一端，進來了一名大人，看起來年約四十五、六歲，是個很胖、頗有氣派的人，大概是投宿在常磐館的東京客人吧！

這個人脫掉浴衣，進入溫泉泡湯。看到三名少年時，微笑著對他們說話。

「你們是從東京來的吧？我也是從東京來的。這個溫泉區很安靜，是個好地方。你們要在這裡待多久呢？」

「大約四、五天吧！」

小林回答。

「哦，那麼可以去爬山……但是，要小心喔！因為這裏有一些奇怪的傳說。」

這個人的臉上露出奇怪的表情，看著三名少年說道。

「奇怪的傳說？」

小林心想，應該就是指那回事吧！但仍然假裝不知道的詢問。

「聽說巨人的手臂會從雲中伸出來。雖然還沒有抓過人，但是，已經抓走了很多的動物。手臂粗大得連牛都可以抓起來呢！」

「哦，這是真的嗎?有一些人很迷信，可能因為一些小事就散布這些謠言吧！」

當井上這麼說的時候，那個人沈默了一會兒，好像很害怕似的，抬頭望著一片漆黑的天空。

四周已經非常昏暗，泡在溫泉中，已經看不清楚對方的臉了。

「起初我也是這麼想，但有好幾戶人家的雞籠都被破壞，雞隻都不見了。而且牛從高處掉下來、摔斷腿而死掉的事情也出現了。還有，菜園中的泥土，有兩、三處好像被一個榻榻米般大的手翻弄過。我親眼看到，真是很可怕。」

說著，這個人又抬頭看著黑暗的天空。

「不想泡了，我要回房間裡去了。我有點冷。」

阿呂看看黑暗的四周，好像快要哭出來似的說著。

「嗯！還是快點進去房間比較好。聽說巨人手臂出現的時間都是在

夜晚。晚上不要出來比較好。」

於是，少年們從露天溫泉爬了出來，走到岩石間擦乾身體，並穿上衣服。那個男人，則站在溫泉的正中央，從剛才就目不轉睛的看著對面的天空。

少年們看到這種情況，覺得毛骨悚然，不禁也朝那個方向看。

「你看，那個。」

男人抬起手，指著天空的一個方向。就好像在說悄悄話似的，用低沈的聲音說著。

整個天空都被烏雲覆蓋。

「在那座山和那座山之間。」

在山和雲的交界處已經非常黑暗，什麼都看不到了。

但是，看起來好像是山與山之間的地方，突然從雲中出現了白色的東西。

「看，就是那個，好像大手臂一樣。」

少年們緊盯著那個模糊的東西看。聽他這麼說，感覺的確像巨人手臂的形狀。粗大的手臂似乎正慢慢的從雲中伸向地上。

「哇……」

聽到可怕的叫聲。有東西抓著井上的手臂。井上嚇了一跳，回頭一看，原來是阿呂。阿呂大叫著，想要逃走。

這時，阿呂和井上都已經穿好了衣服，可以立刻逃走，可是小林才剛剛穿好褲子。

因為阿呂拚命的拉扯，所以，井上不得不一起拔腿就跑。

從露天溫泉到旅館，距離七、八十公尺遠，兩側都是大樹林立、有如森林中的道路。

現在已經一片漆黑，連腳邊的東西都看不清楚了。

阿呂和井上手牽著手，在黑暗中拚命的奔跑。跑到一半的時候，在

前面的阿呂突然停下腳步，呆立在那裡，而且不停的顫抖。抓著他的井上的手，可以感覺到阿呂正在發抖。

阿呂到底看到了什麼？為什麼這麼害怕？看起來阿呂似乎根本沒有說話的力氣了。井上也不敢問下去。

井上似乎也可以看到那個東西。白白的大東西迅速朝這裡逼近。

阿呂趕緊抱住井上的身體。

「啊！狗，是大白狗！」

在距離五公尺處，才看出來那是白天在常磐館大門外見到的那隻大白狗。

阿呂發現到是狗之後，安心了不少，好像有點難為情似的，嘿嘿的笑著離開井上身體。

「井上，這件事情不可以告訴小林團長喔！不可以說我害怕得抱住你的身體喔！好嗎？」

就在阿呂還沒有說完的時候，眼前又發生了令人毛骨悚然的可怕事情。

大白狗就好像猛獸般的大吼著，接著，又縮起了身子，想要逃走，但是卻好像被什麼東西抓住似的，無法逃脫。

阿呂當然又再次的抱住井上的身體，不停的發抖。井上也受到他的感染，全身顫抖。

就在這時，發生了更令人驚訝的事情。

白狗離開地面，瞬間飄到空中。感覺就好像被巨大的手臂抓住，被拉向空中似的。

「巨人的手臂、巨人的手臂……」

阿呂看到這一切，整張臉埋在井上的胸前，用好像說悄悄話似的低沈聲音，反覆的唸著：

「巨人的手臂、巨人的手臂……」

雖然井上並不害怕，但是，眼前的確發生了不合乎邏輯的事情，因此，也打從心底升起一陣涼意。

連井上也沒有逃走的力氣，而且自己還被阿呂緊緊的抱著。阿呂好像發了燒在說夢話似的，一直唸著「巨人的手臂、巨人的手臂」，真令井上受不了。

井上沒有辦法移開視線，只好盯著這一幕奇異的景象。

大白狗發出悲慘的叫聲，拚命的掙扎，但還是不斷的被往上拉。

沒有辦法清楚的看到巨人的手臂。狗又是白色的，只有看到狗，巨人的手臂好像溶入黑暗中似的，看都看不到。

仔細一看，在黑暗中好像有和黑暗同樣顏色的可怕巨物，從空中伸了出來。

黑色的手臂抓住狗，使勁地把牠往上拉。

白狗拚命垂死掙扎的樣子，令人害怕。慢慢的，白狗上升到比井上

的頭部更高的地方，繼續往上升，終於消失不見了。

但還是可以聽到白狗的叫聲，從遠處的天空中傳來。

井上和一直抓著自己的阿呂，就好像銅像一般的呆立在原地。感覺肌肉僵硬，無法動彈。

「咦！這不是井上和阿呂嗎？你們在這裡做什麼？」

突然身後有人叫著他們，兩個人嚇了一跳，但也因此身體終於可以動彈了。

叫他們的是小林團長。

看到小林出現，兩個人趕緊撲向小林。不由分說的，從左右拉起他的手就往旅館跑去。

「喂，你們在做什麼啊！幹嘛慌慌張張的拚命拉著我往前跑，這樣很危險呢！」

被他們拉著拚命往前跑的小林，覺得有點奇怪，但是再怎麼問，兩個人就是不回答。

好像被什麼可怕的東西追趕似的，拚命的往前跑。

終於看到對面常磐館房間的燈光了。

「喂，怎麼回事啊？快點告訴我原因。」

小林突然停下腳步，很生氣的問道。兩個人沒有辦法，也只好停下了腳步。

「啊，好可怕哦！我剛才差點被巨人的手臂抓到，都快要死了。」

阿呂因為周遭變得明亮而恢復精神，終於能夠開口說話了。

「咦！巨人的手臂？」

小林驚訝的重複阿呂的話。

他們一邊朝明亮的旅館入口走去，一邊七嘴八舌的向小林述說剛才遇到的可怕事情。

被擄走的少年

第二天，那隻大白狗已經不在村中了。狗的飼主雖然拚命的尋找，卻始終找不到。

井上、野呂兩名少年，在泡完溫泉回去的路上所看到的奇怪事件，絕對不是在做夢。巨人的手臂真的伸到森林中，抓走了白狗。

如果當時抓的是井上或阿呂，那該如何是好？兩個人一想到這裡，都感到背脊一陣發涼，毛骨悚然。

巨人的手臂，只抓過動物和菜園裡的東西，但是並沒有抓過人。村人傳說，就算是妖魔，也不會危害人類。

但是，就在白狗事件發生後的第二天早上，才知道巨人也不放過人類，終於有人被抓了。

那是住在矢倉溫泉附近，佐多農家的十二歲男孩幸太郎。幸太郎從昨天開始就失蹤了。

幸太郎個性頑皮，一整天都在外面玩，爸媽並不會擔心。可是夜已深沈，而他卻一直沒有回來，所以引起了大騷動。

到朋友家打聽，都沒有找到孩子，因此，向警察分局（從總局分出來、設在其他地方的警察局）報備。

「難道被巨人的手臂給抓走了嗎？」

有人這麼說著。在村中，以前就有傳說被天狗抓走的事情。長著翅膀，叫做天狗的怪物，會從空中飛下來抓走孩子。

大人們沒有看過巨人的手臂，遇到這種怪事時，首先想到的就是天狗。所以，謠傳幸太郎被天狗給抓走了。

今天早上，幸太郎終於平安無事的回來了。但並不是像平常一樣的回家方式。在村的盡頭的登山口，有一座大森林。幸太郎被掛在森林高

高的櫧樹樹枝上。

說是掛著，似乎有點奇怪，但是，幸太郎的確是橫陳在高高的樹枝上。從下面往上看，確實像是被吊掛著一樣。

村中的人一大早就聽到森林樹頂傳來孩子哇哇的哭聲，於是驚訝的到處找尋，結果看到幸太郎在高高的樹枝上哭泣。

趕緊請來村人砍柴爬樹的高手，將幸太郎從樹上救了下來。看到幸太郎，母親哇的哭了出來，因為幸太郎看起來非常的狼狽。

衣服又破又髒，臉上沾滿了血，而且手腳都受傷了。立刻把他帶回家包紮傷口，讓他睡覺。等到事情告一段落之後，大家圍著幸太郎，問他到底發生了什麼事情。幸太郎斷斷續續的說出從昨天晚上開始發生的事情。

昨天傍晚，幸太郎和朋友一起到山上去玩。後來和大家吵架，於是自己一個人留到山上，直到天黑。

四周非常的暗，心想要趕緊下山回家。突然，一陣風吹了過來，從雲中落下好像大松樹般的東西。

「就好像八幡神的松樹，而且更粗上三倍呢！那棵松樹還長了五根手指，一根手指還可以抵得過寺廟的一根柱子呢！手指在我的面前移動著，然後抓住我。就這樣，我整個人被帶到了空中。只覺得一陣頭昏眼花，根本不知道到底發生了什麼事情。」

幸太郎如此的描述著。這位少年平常就很會編故事，可是這次並不是杜撰的故事。一個晚上都沒有回家，又受了重傷，而且孩子怎麼可能自己爬到那麼高的樹上去呢？所以，大家都認為幸太郎並沒有說謊。

被巨人的手臂抓到時，一陣眼花而昏倒了。醒來時，發現自己像風一樣的在高空中飛翔。

「一定是巨人走路時晃動著手。每當巨人的手晃動時，我的身體就一下子前進，一下子後退，好像在盪鞦韆一樣。」

幸太郎瞪大眼睛，述說當時可怕的情景。

比人大上幾百倍的巨人在那裡走動，手上還抓著幸太郎，的確是非常可怕的景象。光是想到這種情況，就令人不寒而慄。

空中好像撒上銀沙似的，滿天都是星星。夜晚的天空應該是一片漆黑，但為什麼會看到星星呢？

應該是巨人比較高，有一半的身體已經在雲端之上了，所以往下看的時候，在黑暗中似乎看得到好像撒了火花似的紅光。原來那是村中電燈的亮光。

「哦！雖然我沒有坐過飛機，不過我想，坐飛機的情況應該也是如此吧！我覺得很有趣，真想再被巨人抓一次呢！」

幸太郎好像很興奮似的說道。接著，在森林中轉了一圈，然後就這樣的掉落到森林的樹上。原來是抓住他的巨人的手突然鬆開了，幸太郎的身體就好像被扔出的石頭一樣，劃破了風，掉到下界（人所居住的世

界）。當時幸太郎又昏倒了。

等到再度清醒時，自己已經被掛在森林樹木的頂端。這時，天也已經亮了。在被巨人抓著的時候，既不能叫也不能說話，而這時終於可以發出聲音，所以幸太郎拚命的哭喊。

三個客人

幸太郎的事件發生後的下午，在常磐館的西式客廳裡，有三個大人和三個少年聚集在一起，好像正在商討什麼事情似的。

幸太郎被巨人抓走的事情，不久之後就傳遍了整個村子，住在常磐館的客人也全都知道了。

聚集在客廳裡的，則是小林、井上、野呂三名少年，以及在白狗事件發生的那晚，因為泡溫泉而認識的來自東京的客人和他的兩個朋友。

因為泡溫泉而認識的這個人，是東京自行車製造公司的董事，叫做三谷。他的兩個朋友則是公司的同事。三名少年在泡溫泉時，經常碰到這些人，因此愈來愈熟悉，會互相的開玩笑、聊天。

「我們三個人明天就要回東京去了，並不是因為怕巨人，才想逃走的喔！」

三谷先生看著小林的臉，笑著說。三個大人都穿著旅館的浴衣，加了外套，慵懶的坐在長椅上。

「這是來這裡之前就做好的安排，明天必須回東京，開一個重要的會議。」

三谷的一位朋友好像在解釋什麼似的，而另一位朋友則嘲笑的說：

「你們三個少年偵探團的團員，還要留在這裡嗎？我想，你們還是快點回去比較好。就算是偵探團，也沒有辦法抵擋巨人的手臂啊！哈哈哈……」

但是，少年們卻不服輸。井上抬頭挺胸驕傲的說道：

「各位叔叔，你們一定是不知道少年偵探團的歷史，才會這麼說。以前我們曾經遇到過很多怪物，像青銅魔人（少年偵探第五集）、透明怪人（第七集）、宇宙怪人、（第九集）等，全都是可怕的怪物。」

小林團長接著說道：

「我們還不算厲害，真正厲害的是明智老師。叔叔，你們應該知道明智偵探吧？」

「嗯！在報紙上看過。你們就是那位名偵探的弟子啊？哦，那麼你們是不是想要解開巨人手臂之謎啊？」

「嗯，我們的確是這麼想的。如果明智老師在這裡，就一定可以解開巨人的秘密。我們還要在這裡待一陣子，絕對不會逃走的。」

小林團長勇敢的說著。

「嗯！佩服，佩服。好吧，那麼你們就試試看吧！但是要小心喔！

對方是非常巨大的巨人喔！可不要被他抓到而喪命哦！」

三谷先生嘲笑著他們。

膽小的阿呂縮在角落，臉色蒼白，聽著他們的談話。這時，阿呂用顫抖的聲音插嘴說道：

「我真的不知道，在這個世界上怎麼可能會有這麼大的巨人？像大金剛或大蜥蜴，都是杜撰出來的故事，不可能有這麼大的動物，而人類也不可能有這麼大的巨人。」

「哈哈哈……，阿呂雖然膽小，但是說的卻是實話。那麼，你怕不怕妖怪呢？」

三谷先生的朋友不懷好意的問道。

「嗯，當然怕啊！雖然我知道根本就沒有什麼妖怪……，可是還是很害怕。」

聽到他這麼說，大家都笑個不停。

但是，阿呂則以嚴肅的表情說道：

「我還有不明白的地方。光有手臂卻沒有身體的傢伙是不可能存在的，所以巨人應該還有臉、肚子和腳。他那粗大的腳應該會撞到各種東西啊！可是卻沒有撞到任何東西，真的很奇怪。」

覺得理所當然似的又說著。

「哈哈哈……，因為他是妖怪嘛！那個巨人，可能只有手臂而沒有身體哦！」

阿呂想到前天晚上大白狗被抓走的情景，心想這的確是事實。

「嗯，可是，連巨人的手臂也看不清楚。手臂一片漆黑，根本看不到。」

接著，大家又聊了關於巨人傳說的事情，並約好明天白天要去泡露天溫泉，然後就陸續離開。

第二天下午，三谷先生三人回東京。在這天晚上，又發生了空前的大事件。

十點半的時候，小林等三人在常磐館二樓八個榻榻米大的房間裡睡著了。正在半夢半醒之間，突然聽到下面的旅館辦公室傳來激烈吵鬧的聲音。看來事情非比尋常。

「喂，井上、阿呂，什麼事情那麼吵啊？」

「嗯！真奇怪，難道巨人的手臂又出現了嗎？」

井上用略帶睡意的聲音回答。

「咦！巨人的手臂？」

阿呂突然大叫，從被子裡跳了起來，身體不停的顫抖著。

「到下面去瞧瞧。」

「嗯！就這麼辦吧。」

小林、井上穿著睡衣，走出了房間。

「不要！不要把我一個人丟在這裡，我好怕！」

阿呂趕緊跟著兩個人走出房間。

下面的辦公室，聚集了許多人。在正中央站著穿著車站站員制服的人，他的旁邊則是常磐館老闆夫婦、掌櫃、女服務生等，以及四、五名住宿的客人。

車站站員似乎帶來可怕的消息。

仔細詢問，才知道是非常驚人的事件。

貨車升天

巨人的手臂不光是抓過動物和人，這次竟然將大而重的載貨火車給抓到雲上去了。

雖說杜撰故事中的大金剛或大蜥蜴會抓飛機或電車，但是，難道巨人的手臂也真的具有和那些怪獸同樣的力量嗎？

從矢倉溫泉車站開往東京的火車，所到的第一站是橫目站，那裡有個叫做橫目町的小鎮。

橫目站在今晚八點四十七分發出的載貨火車，於九點到達矢倉站。這是用蒸氣火車頭（在寫這部作品時，主要是使用蒸氣火車）拉的擁有十五節車廂的載貨火車。

從車頭算起，第七節車廂是某個有錢人租用的車廂。貨車在矢倉站卸貨。

這個有錢人在矢倉村附近蓋了一棟大別墅。貨車從東京載了許多美術品送達矢倉站。這些是用來裝飾大別墅的美術品，價值高達幾千萬圓。

這些美術品在從國鐵轉為私鐵的轉運站卸貨換車。當時，在許多人的嚴密監視之下，貨物全都送上了貨車，而且貨車的鎖也牢牢的鎖上，甚至還加以封印（為了嚴禁任意使用或開關，貼上帶有封印記號的紙）。

貨車的確平安無事的通過橫目站。

橫目站的站長知道第七節車廂載運著貴重物品，因此，特別注意這輛貨車。

有封印的車廂的確是接在第七節。不光是站長，連其他的三名站員也都看到了。

但是，貨車在九點到達矢倉站準備卸貨時，那一節貼了封條的車廂卻消失了。原本十五節車廂相連的火車，現在只剩下十四節車廂。

矢倉站的站長立刻打電話到橫目站及更前面的站去詢問，但不管哪一個站，都回報的確是十五節車廂連結在一起。

貼有封條的車廂，的確是在第七節。

長長的火車，正中間的一節車廂怎麼可能會在兩站的途中突然消失了呢？這根本是人類智慧無法想像的事情，也是自鐵路開始運作以來不曾發生過的事情。

司機和車掌都是鐵路局的資深工作人員，是值得信賴的人。他們在火車行駛於橫目站與矢倉站之間，並沒有讓火車停下來，也沒有做過什麼令人可疑的事情。

如果在中途讓火車停下，卸下車廂，那麼，就無法在既定的時間內到達矢倉站。

於是從矢倉站和橫目站兩方出動用蓄電池發動的軌道車，在兩站之間的鐵路沿線尋找。但是，並沒有發現任何異狀，車廂並沒有停留在任何地方。

這麼大的車廂，怎麼可能像煙霧一樣消失了呢?這是人類智慧無法想像的事情。

這個事件，必須擁有超出人類的力量才能夠辦到。

想到此處，當然答案只有一個了。

車站站長、警察局長、村長以及村中的重要人物，立刻想到「巨人的手臂」。

如果是那個怪物所做的，那麼，當然能夠輕易的辦到人類能力所不及的事情。

「但如果是被巨人的手臂給抓去，那麼，火車應該會嚴重的搖晃，而司機和車掌都應該會感覺到才對呀！」

「他是妖魔，能夠做出人類智慧無法想像的事情來。」

「但是，如果只抓走一節車廂的話，那麼第七節以後的車廂，則因為切斷連結，所以應該會留在原地啊！」

「這只是用人類的智慧去推敲的結果。但是，或許那個巨人可以先移開車廂，然後再用手迅速的連結前後車廂也說不定。

對方是巨大的傢伙，當然可以像小孩在玩玩具火車一樣。」

如上述的談話內容，在各處都聽得到。

因此，村中有八成的人都相信這一定是「巨人的手臂」所幹的好事。

那位擁有美術品的富翁則認為，不管對方是妖怪還是人，只要有人能找出被偷盜的美術品，他就致贈一百萬圓（相當於現在的一千萬圓）當成謝禮，同時，把這件事告訴警察局分局長和村長，消息傳遍了整個村子。

當天的報紙，也以極大的篇幅報導了這個消息。

少年名偵探

到了第二天傍晚，車廂失蹤事件還是沒有任何新的發現。警察局分局長並不相信巨人手臂之類的怪談，因此和總局聯絡，請求派人搜索，但是，仍然沒有發現任何的線索。

傍晚，分局長波野警部補（地位次於「警部」的警察）有事到常磐館附近。歸途中到常磐館拜訪，在客廳和老闆談話。

「看起來好像是同樣的事件，這還是我生平頭一遭遇到這麼奇怪的

事件。運貨火車正中央的一節車廂消失了，而且這輛火車從離開橫目站到抵達矢倉站，一分鐘也沒有遲到啊！所以，根本沒有時間偷走車廂。這件事真的很不可思議，可是，我真的不願意相信這是什麼巨人的手臂所為。」

分局長和井上的叔叔常磐館的老闆是棋友，關係不錯，因此，毫無忌諱的在這裡發著牢騷。

「老實說，平常村子裡平安無事，沒有發生什麼大事情，我也覺得很無聊，不過發生了這麼大的事件，我覺得更糟糕呢！」

「嗯！鄉下的分局長無法應付，那麼，要不要請警政署的名偵探來幫忙啊？哈哈哈……」

分局長波野先生一邊喝茶一邊苦笑。

這時聽到雜沓的腳步聲，井上跑了過來。

「叔叔，我們已經知道了，我們的小林團長有所發現。原來幸太郎

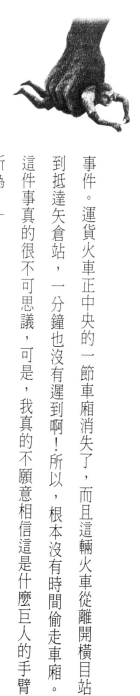

那個孩子收受壞蛋的錢而欺騙大家，現在已經把他帶到這裡來了。」

「咦！什麼？幸太郎說謊嗎？」

叔叔和分局長波野互看一眼，驚訝萬分。

這時，小林和阿呂帶著那個被掛在樹頂上的幸太郎走了進來。

「這不是佐多家的幸太郎嗎？怎麼回事？你真的說謊了嗎？」

波野先生溫柔的問道。幸太郎看著穿著制服的警部補，低頭不語，抽抽噎噎的吸著鼻子。

懂得看穿人心的波野，一看就知道幸太郎說謊。

因為幸太郎保持沈默，所以，由小林開始說明原因。

「幸太郎很會說謊，可是這一次都整晚沒有回家，後來在高高的樹上哭，因此，家人都認為他說的應該是實話，結果大家都被騙了。當井上和阿呂告訴我白狗升到空中去的事情時，我就思考著，模仿明智老師的做法，努力的思考。終於解開了巨人手臂的秘密。」

「什麼？你解開秘密了嗎？」

分局長以難以置信的表情看著小林。

「嗯！應該是解開了。巨人的傳說是大家杜撰出來的。壞蛋騙了村中所有的人。

我認為要解開這個秘密，最直接了當的方法，就是說服幸太郎，讓他坦白說出真相。今天下午，我找到了幸太郎，花了很長的時間，終於說服他說出真話來。

我拿出身上所有的錢給幸太郎，並且對他說，如果一直說謊，則不光要賠償別墅叔叔幾千萬圓的損失，同時也會連累警察、鐵路局、村中所有的人。但是，如果坦白說出真相的話，大家都不會責罵他。我拚命的說服他。」

「嗯！真厲害，不愧是明智先生的弟子。然後呢？」

分局長很佩服的插嘴說道。

「我花了兩個小時的時間，終於勸服幸太郎說出真相。他說壞蛋給他很多錢，要他撒下瞞天大謊。那個晚上，自己躲在附近農家倉庫的稻草堆裡睡覺。天亮時在壞蛋的幫忙下，爬到高大樹木的頂端。當時壞蛋故意在幸太郎的臉上、手腳塗抹泥土，把他弄傷。在此之前，還杜撰故事讓幸太郎騙大家說自己被抓到空中。這些都是壞蛋教他的。……幸太郎，我現在說的話沒錯吧！」

幸太郎只是低著頭，不停的吸著鼻子，點了兩次頭。

「哦！是這樣嗎？身為分局長的我，竟然沒有發現到這一點，真是對不起。小林，我要向你道謝，你實在做得太棒了。」

波野先生面露和藹可親的笑容，打從心底的稱讚小林。這時井上的叔叔常磐館的老闆插嘴說道：

「不愧是少年偵探團的團長，叔叔也非常佩服你。其他的事情你大概也都知道了吧！像雞被偷走的事情，牛摔斷了腿，菜園裡有大洞等，

還有，就是你們兩個人看到的白狗被抓到空中……」

「都被欺騙了。」

小林打斷他的話。

「雞被巨人的手臂抓走，其實只不過是弄壞雞籠、把雞偷走而已。而牛只是被某個東西打斷了腿，沒有辦法站起來，然後製造出是從空中掉下去的樣子。菜園也是用鐵鏟挖個大洞，然後假裝是巨人所為。

另外，還有井上和阿呂看到的白狗，則只是戲法而已。我想他應該是這麼做的，也就是壞人將狗套在用鐵絲綁住的黑色細繩後，自己則爬到森林中樹木的頂端。等到他們兩人通過樹下時，就從上面將被黑色細繩綁住的白狗拉了上去。因此，井上和阿呂都沒有看到巨人的手臂，只是心想那個東西看起來好像是黑色的手臂似的。因為兩個人都聽過關於巨人手臂的傳說，所以他們都被騙了。壞蛋是想要讓我們看到白狗被抓走的情景，讓我們害怕得趕緊回到東京去。」

「哦！的確分析得很有道理，明智先生真是幸運，有個這樣的好弟子。沒想到在東京竟然會有這麼聰明的孩子，真是令鄉下的局長汗顏。哇呵呵呵……」

波野愈來愈佩服小林了，不停的稱讚他，然後說道：

「我必須抓到犯人才行。小林，你知道犯人是誰嗎？幸太郎受犯人之託，撒了這些謊，他應該看過犯人……」

小林立刻回答：

「犯人已經喬裝改扮了，因此幸太郎也無法辨識。雖然我不確定，但是，我想應該還有其他嫌犯。」

「哦？連嫌犯是誰，都知道了嗎？」

波野先生的語氣已經不再是佩服，而是非常驚訝了。

「現在我只是懷疑而已，沒有證據，但還是應該趕緊抓到嫌犯調查一下。我有話想要告訴分局長，但只能跟你說，因為我怕弄錯的話，會

對那個人非常抱歉。」

「不，沒問題的，你的心思比大人還細膩。小林，雖然我的年紀比你大三倍，但是，我真想拜你為師呢！嗯！好，我們到走廊去，把你知道的事情告訴我。」

兩個人就好像關係密切的親子一般，來到了走廊。不久之後，波野先生牽著小林的手，笑著走了回來。

「小林給了我重大的證據，那是小林自己拍到的某個人的照片，不過詳細的情形我還不能夠告訴你們。這樣可以嗎？小林。」

波野先生的眼尾布滿皺紋，以非常疼愛的眼神看著小林。

「嗯！」

小林也笑著，抬頭看著分局長。

就在此時，玄關處響起雜沓的腳步聲。

「分局長有沒有來這裡？」

聽到有人叫喚。

「在這裡。是誰啊？」

當井上的叔叔大聲回答時，一名警察跑到客廳。是分局的警察。

「分局長，不得了了。發現那節車廂了。」

這名警察很年輕，天氣並不熱，但他卻滿臉通紅，汗流浹背。

小林少年的推理

「在哪裡發現的？」

波野先生和井上的叔叔等人，全都從椅子上站了起來。

「在森林中。你知道，在橫目站和矢倉站之間，有只為森野製材株式會社開闢的專用支線。一個月只載運木材五、六趟，平常是不使用的路線。在那個支線的道路上有森林，森林中停著車廂。橫目站的站員發

現了車廂。」

「裡面的美術品呢？」

「不起眼的東西都留在那裡，但是，珍貴的東西全都不見了。詢問附近的農家，他們說，有一天晚上附近傳來卡車聲。犯人可能用卡車載走了美術品。」

「真是如此嗎？正如小林所推測的，不是什麼巨人的手臂，犯人真的是人。……好，你趕快通知總局，準備去抓嫌犯。那傢伙的照片在這裡。……老闆，你過來一下。」

波野先生對常磐館的老闆招了招手，然後和另一名警察共三個人一起走出旅館。不久，他和老闆兩人回來，之前的警察已經拿著照片趕往橫目町的總局去了。

波野先生處理事情英明果決，這次輪到小林佩服他了。

波野先生回到房內，坐在椅子上。

「小林，剛才的警察說過，行進中的火車車廂，怎麼可能會被偷走呢？這一點大家都不明白。不論是橫目站還是矢倉站，大家都在研究，但是卻無法解開謎團。

甚至有的人認為這是妖術。小林，你知道其中的秘密嗎？」

「我知道啊！我的推理就是從這個車廂的問題出發的。解開車廂的謎底，其他的事情就容易了解了。」

波野警部補和井上的叔叔都很驚訝。

即使是名偵探的弟子，又怎麼可能真的能夠解開從行進火車的正中央，偷走一節車廂的魔法呢？

「那麼，請說明一下，到底是如何解開那節車廂的？」

「我去拿紙和鉛筆來。不畫圖是無法說明的。」

小林跑出客廳，不久之後，拿著一張大白紙和鉛筆回來。

把紙攤開在桌上，一邊畫圖，一邊說明。

「舉個簡單的例子，不需要畫十五節車廂，只畫由五節車廂連結起來的載貨火車。第一節到第五節車廂依序編號。

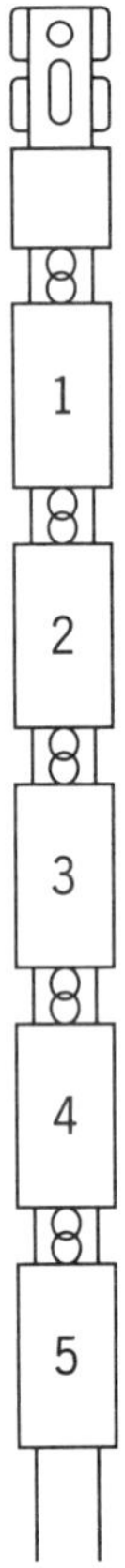

被移開的是第三節的三號車廂。要變這個魔術需要三個人。我們三個孩子在這裡，那麼，就假設我們三個人要偷這節車廂。現在我來說明一下。

首先，我們三個人當中力量最大的，當然就是井上。當火車停在這條支線的頭一站時，井上趁著司機和車掌都還沒有上車時，就從三號車廂不會被站員看到的那邊打開門，偷溜進去。

當時是晚上。火車是在晚上七點從支線的頭一站出發。

這時當然已經取下封印條，而且打開了鎖。就假設是我好了。在井上偷溜進去之後，我關上車廂門，把鎖和封條恢復原狀，乍看之下，根本就不知道被動過手腳。

井上進入三號車的時候，是拿著一捲長而堅固、好像鐵絲般的東西進去。三公分粗的鐵絲捆成一捲，小孩當然拿不動，就算是大人，也要費很大的力氣才拿得動。假設井上拿得動這捆鐵絲。

火車在當晚七點出發。經過四、五站之後，到達橫目站。從那裡開始是爬坡，火車的速度變得很慢。趁這個時候，井上必須做一件非常困難的工作。就算是力氣很大的井上，恐怕自己一個人也沒有辦法辦到，但如果犯人既強壯且又熟悉這方面的工作，那麼就應該可以辦到。

我們還是假設由井上來負責執行這項任務好了。井上打開與之前上車時相反側的門，將鐵繩的一端纏在身體上，來到三號車的外側。車廂的外側應該有可以踏腳的地方，沿著這個邊緣，一直爬到與二號車相連的連結器處。

跨在連結器上方，將鐵繩的一端穿過二號車的連結器環，綁緊後，再用細的鐵絲纏繞。如此一來，就算力量再大也拉不動了。

這樣任務就完成了。但還有其他的工作。

井上回到原先的三號車中，將鐵絲的另一端纏在身上，再次到車廂外去，到達和四號車的連結器相連處，同樣的，將繩子的一端穿過四號車的連結器，並且將它纏緊。形成這樣的情況。

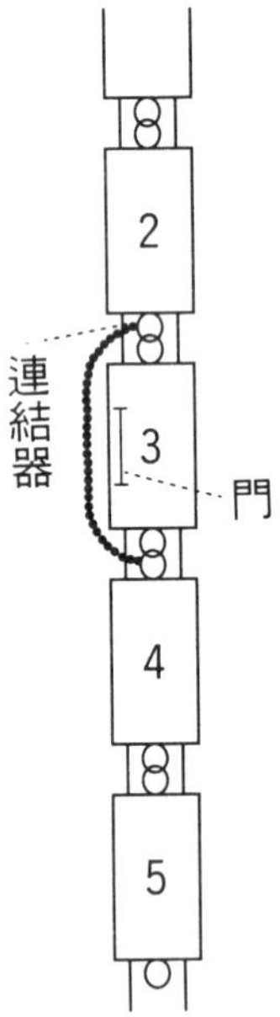

二號車、四號車被力量強大的鐵繩連在一起，繩子穿過從車站這邊看不到三號車的那一面，尤其是在夜晚，根本不必擔心會被發現。

接著，井上必須再到兩邊的連結器處。這次因為已經綁好鐵繩，所以到車廂外時，不需要帶任何東西。他鬆開二號車與三號車之間的連結器，以及三號車與四號車之間的連結器。國鐵的連結器不是那麼容易鬆開，但是，私鐵是使用舊式的連結器，想要鬆開，還是辦得到的。

這時，三號車廂沒有和前面或後面的車廂連結，這樣就可以懸在空中了。後面的四號車被二號車的繩索拉住，因此，夾在兩車之間的三號車還是被推著往前進。」

大魔術

小林繼續說明。

「爬坡結束時，出現製材會社的支線，而鐵軌就在這裡分開。旁邊有沿著兩條鐵軌前進的控制點。通常，控制點是在車站的範圍內，但是，那條支線距離車站比較遠，因此，就安裝在鐵軌旁。畫在紙

上，就是這種情況。

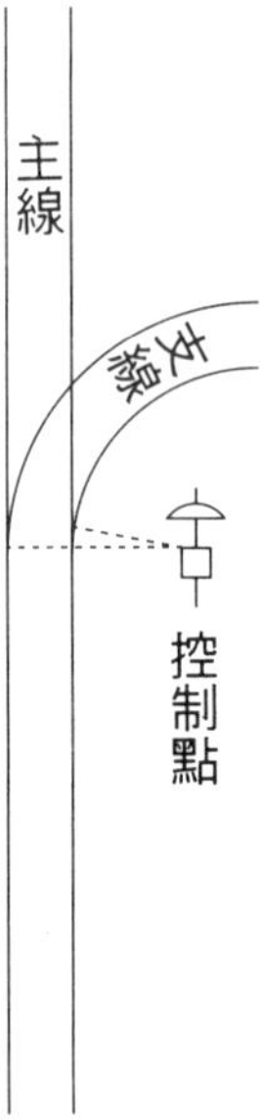

在主線與支線分岐的控制點處，三名犯人中動作最快的傢伙就等在那裡。他坐在卡車上，領先一步在那裡等著。雖然我不知道自己的動作有沒有井上或阿呂那麼快，但姑且假設負責這個任務的人是我吧！

我在控制點等待載貨火車從對面開過來。因為是爬坡，所以速度並不快。

我握著控制點的棒，擺好架勢，準備隨時都可以放倒下來。這時火車頭通過了鐵軌的分岐處，接著是一號車、二號車要通過。當它們通過分岐點時，我立刻放倒控制點。這時，因為鐵軌和支線相連，三號車離開主線，朝支線的方向前進。

三號車通過分岐點時，我趕緊再將控制點拉回原處。就這樣，接下來的四號車並沒有開到支線去，而是筆直的朝主線前進。就如圖上所畫的一樣。

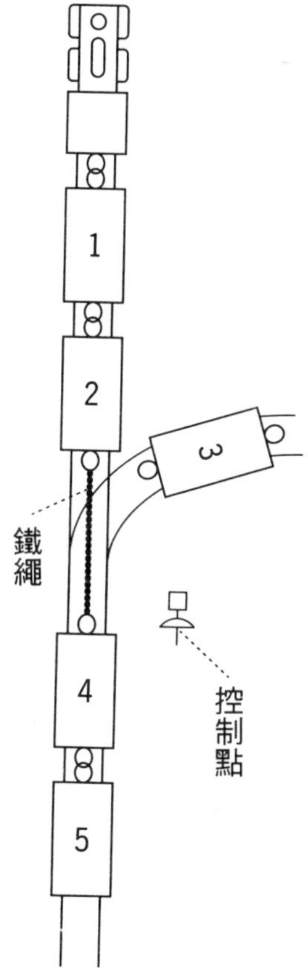

相信你們都明白了吧！這是分秒必爭的工作，因此，這個任務必須由行動迅速的人來執行。三號車進入支線，而四號車因為與二號車以鐵繩相連，所以跟在四號車後面的車廂也陸續跟進。

待在三號車上的井上又在做什麼呢？在進入支線之前，他已經來到

二號車的後方，在車廂後方安裝可以爬到火車頂上的鐵梯子。他就抓著這個鐵梯子。

現在輪到阿呂了。阿呂身材嬌小，力氣也小，真正的犯人當然比他高壯。假設這個犯人是阿呂，阿呂在支線的分岐點和製材會社之間的森林中等待著。阿呂和我一起待在卡車裡面，卡車也藏在支線的森林中。

我放倒控制點，將三號車送入支線。任務結束之後，三號車就不斷的朝森林的方向減速前進。阿呂則跳上車廂，踩下剎車。

國鐵的火車全都是氣壓式剎車，但是，在鄉下還有腳踏式剎車的貨車廂。載運美術品的，就是舊式的貨車廂。車廂側面有長的鐵棒，踩住它就可以剎車。阿呂就負責踩剎車，讓貨車廂停在森林中。

我也跑了過去，兩個人一起運走車廂中珍貴的美術品，將它們扛上卡車，然後開往東京。

目的已經達到了，不過在沿著主線前進的火車上，還有一些任務沒有完成。井上必須要完成這些任務。

井上抓住二號車上的鐵梯。車子慢慢的接近矢倉站。長長的載貨火車在距離車站不遠的地方就已經準備剎車。一旦火車頭踩了剎車，速度就會減慢，二號車的速度也會慢下來。但是，四號車以後的車子，則因為是用鐵繩拉住的，所以，還在繼續前進，因此，會和前面的車廂撞在一起。

井上趁著二號車和四號車撞在一起的時候，將兩個車廂的連結器連結起來，同時解開連住兩邊連結器的繩索。因為是用細鐵絲綁起來的，所以，只要利用鉗子就可以切斷了。

將繩索丟在鐵軌旁後，自己也跳下了火車，拉著繩索，躲到附近的樹叢中。

如此一來，長長的火車就只有正中央的車廂被偷走……。

啊，好累啊！我的說明就到此結束。雖然說得有點複雜，但是，只

要試試看，就知道方法很簡單。當然，這個任務靠我們的力量是辦不到的，所以，我認為嫌犯是高大的男子。」

小林的敘述終於結束了。

波野先生和井上的叔叔，沈默了一陣子，好像說不出話來似的。不久，波野分局長嘆了一口氣，說道：

「啊！我覺得很難為情，一個小孩竟然有如此棒的推理。……明智先生真是太偉大了，竟然能栽培出這麼優秀的少年助手。」

井上的叔叔接著說道：

「嗯！我一直以為少年偵探團是孩子們的玩意兒，向來很輕視它。現在我終於知道能夠和偉大的團長一起工作，真是太幸福了。一郎，你要好好的幹哦！」

不斷的稱讚。一郎指的就是井上。

第二天傍晚，波野分局長以輕快的腳步踏進常磐館。

了玄關。

「喂！小林，小林在嗎？抓到犯人了。」大聲叫喚著。小林等三人，還有叔叔、掌櫃、女服務生，全都來到了玄關。

「真的抓到了嗎？」

小林很高興的問道。波野分局長微笑道：

「嗯！抓到了。我趕緊與總局聯絡，拉起了警戒線（發生火災或犯罪事件時，在一定的區域內禁止一般人進入，由警官負責監視）。同時向東京的警政署報告。到了昨天上午，那三人組在東京被警政署的刑警抓到了。

美術品全都物歸原主。別墅的主人非常高興。喂！小林，你們得到一百萬圓的賞金喔！而且還得到縣警察局局長的表揚狀。另外，還有一個紅包（不知道金額為多少的謝禮）。因為你的幫忙，連我都以你為榮呢！

小林，你是怎麼知道的？怎麼會發現到那三人組呢？你說那個車廂大盜一定要『三個人』才能夠完成任務。那三個東京客人在第二天中午回去，事實上並沒有回去，他們真正的企圖是準備當車廂大盜呢！你事先拍了三個人的照片，真是太機警了。如果沒有照片，根本沒有辦法抓到他們。小林啊，我從來沒有看過像你這麼棒的少年。」

小林因為被過分稱讚而覺得面紅耳赤。

「在發生白狗事件的那個晚上，你說的『三個人』之中的一個，在露天溫泉說了巨人手臂的故事，想要嚇唬我們。從那時開始，我就覺得有點奇怪。後來發現他們是三人行的時候，就覺得更加可疑了。」

「哦，原來如此！遇到像你這樣的少年，也只能說他們倒楣囉！哇哈哈哈……」

這時，電話聲突然響起，井上的叔叔去接電話，然後笑著叫喚三名少年。

「喂！是好消息。別墅的主人打電話來，要我立刻帶你們三個人去一趟。聽說是要趕緊把一百萬圓的賞金交給你們。……不過小林，拿了一百萬圓之後，你打算怎麼處理呢？」

「當成少年偵探團的基金，交給明智老師保管，這樣所有的團員都可以得到偵探七大道具囉！」

聽到他這麼說，井上和阿呂高興得抱住小林團長，齊聲高呼：

「小林團長，太棒了，太棒了！」

解說

謎團、騙術及推理

山前 讓
（推理小說研究家）

這本『飛天二十面相』中，收錄了以「妖星人R」為標題在一九六一年一月號到十二月號於「少年」連載的『飛天二十面相』，以及在「少年俱樂部」（一九五六年）一月增刊號發表的『天空的魔人』兩部作品。

『飛天二十面相』，是從擁有如螺絲般的光尾且不斷旋轉的奇妙星球，接近地面的故事開始的。命名為R彗星的星球會不會撞到地球呢？當然，這個事件引起了大騷動。有的天文學家認為，可能是巨大的太空船。後來還有人目睹擁有巨大螃蟹形狀的怪物。自稱來自R彗星的螃蟹怪人，偷走了收藏在書庫中的佛像，而且在眾人衝進來的書庫中，好像煙霧般的消失了。此外，螃蟹怪人讓少年偵探團的井上消失，而且瞬間就奪走了美術館中的美術品。

「螃蟹怪人這傢伙能做出人類辦不到的事情，難道擁有地球人所不知道的可怕力量嗎？」小林詢問明智偵探。

像這種好像有魔法、充滿謎團的事情，不管是誰看了，都可能會認為這是人類能力所辦不到的事情，但明智偵探卻說：「我不相信。」正如這句話所說的，明智偵探在最後一一解開了謎團。這絕對不是魔法，只要詳加推理，就能夠了解。

另一部作品『天空的魔人』，則是大白狗被巨大的手臂抓到空中，以及由十五節車廂連結的載貨火車中的一節車廂消失了的故事。

推理小說經常會描述這類不可思議的事情或充滿謎團的現象。將其變成可能的方法稱為騙術，和奇術的騙術意思相同。在無人出沒的房間

傳說有螃蟹怪人出現的千葉縣銚子的漁港

裡有東西被偷走，或是有人消失、在空中飛翔，同一人物被人發現在同一時間出現在兩個不同的地方。將這些一般常識認為不可能的事情化為可能，這是推理作家必須絞盡腦汁去辦到的事情。

江戶川亂步是非常執著於這些騙術的作家。在少年偵探團系列故事中，他寫下了很多不可思議的事情。怪盜二十面會利用各種騙術向明智偵探挑戰。

既是作家也是評論家、研究家的江戶川亂步，一直做整理這些騙術的工作。很多推理小說將騙術仔細加以分類，完成「騙術類別集成」。主要分類如下：

①和犯人（或被害人）有關的騙術。

②和犯人出沒於現場的痕跡有關的騙術。
③與犯罪行為時間有關的騙術。
④與凶器或毒物有關的騙術。
⑤隱藏人或物的騙術。

被蒸氣火車頭拖著走的載貨火車（1958 年）
交通博物館提供

①是藉著一人扮演兩個角色或兩個人扮演一個角色來欺騙他人。②主要是指密室。在上了鎖的房裡發現屍體，或是密室殺人之謎等。③又稱為不在場證明。只要在犯罪時刻有不在場的證明，則通常都不會被認為是犯人。

相信看過這些書籍的人都已經知道，『飛天二十面相』使用了這裡所介紹的幾種騙術，形成騙術之謎。如果能夠想出前

所未有的獨創騙術，那才是最高明的。但是，既然是以人類的頭腦來思考，那麼，當然就不可能輕易的創造出新的騙術來。像『天空的魔人』中車廂消失的騙術，事實上也是模仿外國作品。

使用騙術來寫推理小說的重點就是，一定要藉著推理來解決問題，以抽絲剝繭的方式查出真相。當然，任何人都可能是犯人。然而，作者在寫小說時，必須先隱藏與真相有關的線索，讓讀者去推理。如果能夠像明智偵探或小林少年一樣整理出線索，循序漸進的思考，則自己也能夠解開這些騙術之謎，知道犯人是誰。

請大家盡量享受這種邏輯性推理的樂趣吧！

這類的推理不光是出現在小說的世界，在日常生活中突然想到什麼時，也可以按部就班的進行推理，這是件很有趣的事情。以這樣的方式看世界，就會發現在我們的周遭的確存在很多不可思議的事情。

4 大金塊 特價230元

秘密文件的另一半被盜走了！
那是說明宮瀨礦造爺爺留下的龐大遺產「大金塊」藏匿地點的秘文，
為了取回被奪走的一半秘密文件，而進入竊賊地下指揮部的少年小林，
他所看到的意外事實真相到底是什麼？
名偵探明智解開了謎樣的文章，趕赴島上，取回大金塊。

---

5 青銅魔人 特價230元

在月光的照耀下，赫然出現一張嘴巴裂開如新月型的金屬臉，怪物體內發出齒輪轉動聲。
在半夜偷走鐘錶店裡的懷錶的竊賊，難道就是這個用青銅做成的機械人？
少年小林新組成「青少年機動隊」，為了名偵探明智小五郎，奮鬥不懈。
是否真的能夠掌握青銅魔人的真面目呢？

---

6 地底魔術王 特價230元

在天野勇一所居住的城市裡，搬來了一個奇怪的叔叔。
他在少年們的面前，展現神乎其技的魔術，是一位魔法博士。
他說：「在我所住的洋房裡有『奇異國』。」
有一天，勇一和少年小林造訪洋房。但是就在博士展開魔術表演的舞台上，勇一消失在觀衆的面前。

---

7 透明怪人 特價230元

一名紳士走進城鎮盡頭的磚瓦建築物中。
就在尾隨於其身後的兩名少年的眼前，
這個神秘男子脫掉大衣、襯衫，結果一裡面什麼也沒有。
肉眼看不到的透明怪人出現了，珠寶店和銀行大為震驚。
化裝成人體服裝模特兒的透明怪人出現在百貨公司，引起一陣騷動。

---

8 怪人四十面相 特價230元

幾度從監獄中脫逃的怪盜二十面相，這次改名為「四十面相」，
宣佈要逃獄。
為了查明真相，來到拘留所的明智小五郎，與二十面相見面之後，
為什麼匆忙趕到世界劇場的後台去了呢……
劇場正上演著「透明怪人」事件的戲碼。

---

9 宇宙怪人 特價230元

衆人啊的大叫一聲，屏住呼吸，因為在東京市的大都會銀座上空出現了五個 「在天空飛行的飛碟」。
彷彿來自遙遠星球的世界，擁有蝙蝠翅膀如大蜥蜴般的宇宙怪人降臨。
被在深山登陸的飛碟抓住的木村青年，訴說可怕的體驗，使得全日本，不，應該說是全世界都陷入大混亂中。

10 恐怖的鐵塔王國 特價230元

「我有東西要給你看哦！」
小林少年被轉角處的老人叫住，看到偷窺箱裡竟然有從森林的圓形鐵塔爬下來的巨大獨角仙……。都市裡出現抓小孩的怪物獨角仙。
獨角仙大王所統治的恐怖鐵塔王國，到底在日本的哪個地方呢？

11 灰色巨人 特價230元

從百貨公司的寶石展覽會中竊取珍珠的美術品，
然後抓住廣告汽球朝天空逃逸。但是逮到犯人之後，一看……。
綽號「灰色巨人」的怪人，這次盜走了「彩虹皇冠」。
尾隨怪盜而來的少年偵探團，來到一個馬戲團的大帳棚中。
奇妙的竊賊難道躲到裡面去了嗎？

12 海底魔術師 特價230元

身上覆蓋著鐵製的鱗片，好像鱷魚一般的尾巴……
在黑暗的海底，有著好像黑色人魚的兩個綠色眼睛的怪物。
爬在地上的怪物想要奪走小鐵盒。
交到明智偵探手中的小鐵盒，隱藏著載有金塊的沉船秘密！

13 黃金豹 特價230元

屋頂出現了金色的影子，
在月光的照射下，劃破了深夜的黑暗，
全身閃耀著黃金般光芒的豹出現在街上。
襲擊銀座的寶石商、吞掉寶石的豹，突然轉身逃走，像煙一般消失了。
夢幻怪獸到底是什麼東西？

14 魔法博士 特價230元

少年偵探團中有兩名好搭檔，他們是井上和阿呂。
看到「活動電影院」之後，一直跟隨活動電影院的兩人，
漸漸進入無人的森林中。
擋在面前的，竟然是可怕的黑影……。
等待著兩人的，是黃金怪人「魔法博士」意想不到的策略。

15 馬戲怪人 特價230元

熱鬧的「豪華馬戲團」公演時，突然出現了可怕的慘叫聲。
觀衆全都回頭看。
在貴賓席黑暗的角落看到白色骷髏的影子！
攻擊馬戲團團長笠原先生一家人的骷髏男的模樣奇怪。
沒有人知道的大秘密，經由明智偵探及少年偵探團的推理而解開謎團。

16 魔人銅鑼 特價230元

「噹……噹……噹……」空中傳來宛如教會鐘聲般的聲響，不禁抬頭一看。
結果，發現整個空中出現一張惡魔的臉。
巨大的惡魔正露出尖牙笑著。難道這是神奇事件的前兆……。
惡魔的神奇預言出現了。明智偵探的新少女助手小植即將遭遇危險。

17 魔法人偶 特價230元

「我很喜歡留身哦！和我玩吧！」
和神奇的腹語術小男孩人偶相處得很好的留身，跟隨著小男孩和
白鬍子老爺爺到人偶屋去。
迎接他們的是美麗的姊姊，這位穿著長袖和服、名叫紅子的人偶，
看起來就好像活生生的真人一樣這是假扮成腹語術師的老爺爺的魔術。

18 奇面城的秘密 特價230元

又是四十面相下的挑戰書。他這一次想要得到的是倫勃朗的油畫。
名偵探明智小五郎自信滿滿的等待對手的出現。
怪人四十面相將如何穿過層層的警衛溜進對手的家中呢？
到了預告日的夜晚，空無一人的美術室中傳出『啪一啪一』的聲響。
大石膏竟然會動，啊！裂開了！

19 夜光人 特價230元

七名少年一起前往一片漆黑的森林。
今天晚上，少年偵探團將舉行「試膽會」。
走在最前方的井上來到森林深處時，突然發現了奇怪的東西。——是鬼火嗎？不！一團白色、圓形的東西，卻有兩顆好像燃燒著火焰的紅色眼睛……。閃耀銀色光輝、好像妖怪般的頭，竟然張開大嘴攻擊團員們！

20 塔上的魔術師 特價230元

在荒涼的原野上，有一棟古老、磚造的鐘屋。
聳立的鐘塔屋頂上有影子在移動……。
少女偵探小植和另外兩名少女一直看著這個奇怪的景象。
三位少女看到的，是一位披著黑色披風、蓬鬆的頭上長著兩隻角的蝙蝠人。

21 鐵人Q 特價230元

老科學家終於完成偉大的發明。
他特別讓北見少年去看看這個具有聰明頭腦的機器人，一個和人類一模一樣的「鐵人Q」。
沒想到鐵人竟然突然不聽使喚，意外的逃出實驗室。
Q逃入巷道之後，開始展現奇怪的行動。被擄走的小女孩到底在哪裡？

22 假面恐怖王

特價230元

有馬家的洋房傳出有戴著鐵假面具的男子偷偷潛入。
名偵探明智小五郎在接到通知後火速趕到，但卻遭人從背後攻擊。
當他醒來後，發現自己在一個沒有窗戶的奇怪小房間內…。
明智偵探真的被壞蛋抓走了嗎？
在想要脫逃的名偵探和「恐怖王」之間，一場鬥智即將展開。

23 電人M

特價230元

在東京塔的塔頂上，纏繞著一個軟趴趴的禿頭妖怪，
好像戴著鐵環、沒有臉的機器人。
怪人「電人M」在全國各地留下謎團。
「到月世界旅行吧」到底意味什麼？
電人M竟然打電話給小林少年……！

24 二十面相的詛咒

特價230元

在古代研究室的一個房間裡，發生了離奇事件。
緊閉的研究室內，一名研究生突然消失！而房間內正巧擺著有詛咒傳說的古代埃及捲軸……。明智偵探決定來此解開密室之謎。
然而，就在小林少年監視埃及房間內的某個晚上，
半夜裡竟然發生了不可思議的怪事。

25 飛天二十面相

特價230元

拖著長長光尾巴的R彗星接近了！
如果彗星撞上地球該怎麼辦——全世界陷入一片大恐慌。
有一天，在千葉縣的海邊，別所次郎看到可怕的東西。
從石頭山爬出來一大群的螃蟹。
接著，出現在海面上的是來自R彗星的螃蟹怪人。

26 黃金怪獸

特價230元

「我是扒手嗎？」
根本不記得自己做過扒手，玉村銀一感到十分震驚。難道是和自己長得一模一樣的冒牌貨為非作歹嗎？銀一周遭陸續出現和他長相完全一樣的冒牌貨。
包括寶石店的玉村一家、美術店的白井一家，甚至連小林少年也……。
尼可拉博士的可怕陰謀！

大展出版社有限公司
品冠文化出版社

圖書目錄

地址：台北市北投區(石牌)
致遠一路二段12巷1號
郵撥：01669551＜大展＞
19346241＜品冠＞
電話：(02) 28236031
28236033
28233123
傳真：(02) 28272069

・少年偵探・品冠編號 66

1. 怪盜二十面相 （精） 江戶川亂步著 特價 189 元
2. 少年偵探團 （精） 江戶川亂步著 特價 189 元
3. 妖怪博士 （精） 江戶川亂步著 特價 189 元
4. 大金塊 （精） 江戶川亂步著 特價 230 元
5. 青銅魔人 （精） 江戶川亂步著 特價 230 元
6. 地底魔術王 （精） 江戶川亂步著 特價 230 元
7. 透明怪人 （精） 江戶川亂步著 特價 230 元
8. 怪人四十面相 （精） 江戶川亂步著 特價 230 元
9. 宇宙怪人 （精） 江戶川亂步著 特價 230 元
10. 恐怖的鐵塔王國 （精） 江戶川亂步著 特價 230 元
11. 灰色巨人 （精） 江戶川亂步著 特價 230 元
12. 海底魔術師 （精） 江戶川亂步著 特價 230 元
13. 黃金豹 （精） 江戶川亂步著 特價 230 元
14. 魔法博士 （精） 江戶川亂步著 特價 230 元
15. 馬戲怪人 （精） 江戶川亂步著 特價 230 元
16. 魔人銅鑼 （精） 江戶川亂步著 特價 230 元
17. 魔法人偶 （精） 江戶川亂步著 特價 230 元
18. 奇面城的秘密 （精） 江戶川亂步著 特價 230 元
19. 夜光人 （精） 江戶川亂步著 特價 230 元
20. 塔上的魔術師 （精） 江戶川亂步著 特價 230 元
21. 鐵人Q （精） 江戶川亂步著 特價 230 元
22. 假面恐怖王 （精） 江戶川亂步著 特價 230 元
23. 電人M （精） 江戶川亂步著 特價 230 元
24. 二十面相的詛咒 （精） 江戶川亂步著 特價 230 元
25. 飛天二十面相 （精） 江戶川亂步著 特價 230 元
26. 黃金怪獸 （精） 江戶川亂步著 特價 230 元

・生活廣場・品冠編號 61

1. 366 天誕生星 李芳黛譯 280 元
2. 366 天誕生花與誕生石 李芳黛譯 280 元
3. 科學命相 淺野八郎著 220 元

4. 已知的他界科學 陳蒼杰譯 220 元
5. 開拓未來的他界科學 陳蒼杰譯 220 元
6. 世紀末變態心理犯罪檔案 沈永嘉譯 240 元
7. 366 天開運年鑑 林廷宇編著 230 元
8. 色彩學與你 野村順一著 230 元
9. 科學手相 淺野八郎著 230 元
10. 你也能成為戀愛高手 柯富陽編著 220 元
11. 血型與十二星座 許淑瑛編著 230 元
12. 動物測驗—人性現形 淺野八郎著 200 元
13. 愛情、幸福完全自測 淺野八郎著 200 元
14. 輕鬆攻佔女性 趙奕世編著 230 元
15. 解讀命運密碼 郭宗德著 200 元
16. 由客家了解亞洲 高木桂藏著 220 元

・女醫師系列・品冠編號 62

1. 子宮內膜症 國府田清子著 200 元
2. 子宮肌瘤 黑島淳子著 200 元
3. 上班女性的壓力症候群 池下育子著 200 元
4. 漏尿、尿失禁 中田真木著 200 元
5. 高齡生產 大鷹美子著 200 元
6. 子宮癌 上坊敏子著 200 元
7. 避孕 早乙女智子著 200 元
8. 不孕症 中村春根著 200 元
9. 生理痛與生理不順 堀口雅子著 200 元
10. 更年期 野末悅子著 200 元

・傳統民俗療法・品冠編號 63

1. 神奇刀療法 潘文雄著 200 元
2. 神奇拍打療法 安在峰著 200 元
3. 神奇拔罐療法 安在峰著 200 元
4. 神奇艾灸療法 安在峰著 200 元
5. 神奇貼敷療法 安在峰著 200 元
6. 神奇薰洗療法 安在峰著 200 元
7. 神奇耳穴療法 安在峰著 200 元
8. 神奇指針療法 安在峰著 200 元
9. 神奇藥酒療法 安在峰著 200 元
10. 神奇藥茶療法 安在峰著 200 元
11. 神奇推拿療法 張貴荷著 200 元
12. 神奇止痛療法 漆 浩 著 200 元

・常見病藥膳調養叢書・品冠編號 631

1.	脂肪肝四季飲食	蕭守貴著	200元
2.	高血壓四季飲食	秦玖剛著	200元
3.	慢性腎炎四季飲食	魏從強著	200元
4.	高脂血症四季飲食	薛輝著	200元
5.	慢性胃炎四季飲食	馬秉祥著	200元
6.	糖尿病四季飲食	王耀獻著	200元
7.	癌症四季飲食	李忠著	200元

・彩色圖解保健・品冠編號 64

1.	瘦身	主婦之友社	300元
2.	腰痛	主婦之友社	300元
3.	肩膀痠痛	主婦之友社	300元
4.	腰、膝、腳的疼痛	主婦之友社	300元
5.	壓力、精神疲勞	主婦之友社	300元
6.	眼睛疲勞、視力減退	主婦之友社	300元

・心想事成・品冠編號 65

1.	魔法愛情點心	結城莫拉著	120元
2.	可愛手工飾品	結城莫拉著	120元
3.	可愛打扮 & 髮型	結城莫拉著	120元
4.	撲克牌算命	結城莫拉著	120元

・熱門新知・品冠編號 67

1.	圖解基因與 DNA	（精）	中原英臣 主編	230元
2.	圖解人體的神奇	（精）	米山公啟 主編	230元
3.	圖解腦與心的構造	（精）	永田和哉 主編	230元
4.	圖解科學的神奇	（精）	鳥海光弘 主編	230元
5.	圖解數學的神奇	（精）	柳 谷 晃 著	250元
6.	圖解基因操作	（精）	海老原充 主編	230元
7.	圖解後基因組	（精）	才園哲人 著	

・法律專欄連載・大展編號 58

台大法學院　法律學系／策劃
法律服務社／編著

1.	別讓您的權利睡著了(1)	200元
2.	別讓您的權利睡著了(2)	200元

・武術特輯・大展編號 10

1.	陳式太極拳入門	馮志強編著	180元

2.	武式太極拳	郝少如編著	200 元
3.	練功十八法入門	蕭京凌編著	120 元
4.	教門長拳	蕭京凌編著	150 元
5.	跆拳道	蕭京凌編譯	180 元
6.	正傳合氣道	程曉鈴譯	200 元
7.	圖解雙節棍	陳銘遠著	150 元
8.	格鬥空手道	鄭旭旭編著	200 元
9.	實用跆拳道	陳國榮編著	200 元
10.	武術初學指南	李文英、解守德編著	250 元
11.	泰國拳	陳國榮著	180 元
12.	中國式摔跤	黃　斌編著	180 元
13.	太極劍入門	李德印編著	180 元
14.	太極拳運動	運動司編	250 元
15.	太極拳譜	清・王宗岳等著	280 元
16.	散手初學	冷　峰編著	200 元
17.	南拳	朱瑞琪編著	180 元
18.	吳式太極劍	王培生著	200 元
19.	太極拳健身與技擊	王培生著	250 元
20.	秘傳武當八卦掌	狄兆龍著	250 元
21.	太極拳論譚	沈　壽著	250 元
22.	陳式太極拳技擊法	馬　虹著	250 元
23.	二十四式/三十二式 太極 拳/劍	闞桂香著	180 元
24.	楊式秘傳 129 式太極長拳	張楚全著	280 元
25.	楊式太極拳架詳解	林炳堯著	280 元
26.	華佗五禽劍	劉時榮著	180 元
27.	太極拳基礎講座：基本功與簡化 24 式	李德印著	250 元
28.	武式太極拳精華	薛乃印著	200 元
29.	陳式太極拳拳理闡微	馬　虹著	350 元
30.	陳式太極拳體用全書	馬　虹著	400 元
31.	張三豐太極拳	陳占奎著	200 元
32.	中國太極推手	張　山主編	300 元
33.	48 式太極拳入門	門惠豐編著	220 元
34.	太極拳奇人奇功	嚴翰秀編著	250 元
35.	心意門秘籍	李新民編著	220 元
36.	三才門乾坤戊己功	王培生編著	220 元
37.	武式太極劍精華 +VCD	薛乃印編著	350 元
38.	楊式太極拳	傅鐘文演述	200 元
39.	陳式太極拳、劍 36 式	闞桂香編著	250 元
40.	正宗武式太極拳	薛乃印著	220 元
41.	杜元化＜太極拳正宗＞考析	王海洲等著	300 元
42.	＜珍貴版＞陳式太極拳	沈家楨著	280 元
43.	24 式太極拳＋VCD	中國國家體育總局著	350 元
44.	太極推手絕技	安在峰編著	250 元
45.	孫祿堂武學錄	孫祿堂著	300 元

46.	<珍貴本>陳式太極拳精選	馮志強著	280 元
47.	武當趙保太極拳小架	鄭悟清傳授	250 元
48.	太極拳習練知識問答	邱丕相主編	220 元
49.	八法拳 八法槍	武世俊著	220 元

・彩色圖解太極武術・大展編號 102

1.	太極功夫扇	李德印編著	220 元
2.	武當太極劍	李德印編著	220 元
3.	楊式太極劍	李德印編著	220 元
4.	楊式太極刀	王志遠著	220 元

・名師出高徒・大展編號 111

1.	武術基本功與基本動作	劉玉萍編著	200 元
2.	長拳入門與精進	吳彬 等著	220 元
3.	劍術刀術入門與精進	楊柏龍等著	220 元
4.	棍術、槍術入門與精進	邱丕相編著	220 元
5.	南拳入門與精進	朱瑞琪編著	220 元
6.	散手入門與精進	張 山等著	220 元
7.	太極拳入門與精進	李德印編著	280 元
8.	太極推手入門與精進	田金龍編著	220 元

・實用武術技擊・大展編號 112

1.	實用自衛拳法	溫佐惠 著	250 元
2.	搏擊術精選	陳清山等著	220 元
3.	秘傳防身絕技	程崑彬 著	230 元
4.	振藩截拳道入門	陳琦平 著	220 元
5.	實用擒拿法	韓建中 著	220 元
6.	擒拿反擒拿 88 法	韓建中 著	250 元
7.	武當秘門技擊術入門篇	高 翔 著	250 元
8.	武當秘門技擊術絕技篇	高 翔 著	250 元

・中國武術規定套路・大展編號 113

1.	螳螂拳	中國武術系列	300 元
2.	劈掛拳	規定套路編寫組	300 元
3.	八極拳	國家體育總局	250 元

・中華傳統武術・大展編號 114

1.	中華古今兵械圖考	裴錫榮 主編	280 元
2.	武當劍	陳湘陵 編著	200 元

3. 梁派八卦掌（老八掌） 李子鳴 遺著 220元
4. 少林72藝與武當36功 裴錫榮 主編 230元
5. 三十六把擒拿 佐藤金兵衛 主編 200元
6. 武當太極拳與盤手20法 裴錫榮 主編 220元

・少林功夫・大展編號115

1. 少林打擂秘訣 德虔、素法 編著 300元
2. 少林三大名拳 炮拳、大洪拳、六合拳 門惠豐 等著 200元
3. 少林三絕 氣功、點穴、擒拿 德虔 編著 300元
4. 少林怪兵器秘傳 素法 等著 250元
5. 少林護身暗器秘傳 素法 等著 220元
6. 少林金剛硬氣功 楊維 編著 250元
7. 少林棍法大全 德虔、素法 編著

・原地太極拳系列・大展編號11

1. 原地綜合太極拳24式 胡啟賢創編 220元
2. 原地活步太極拳42式 胡啟賢創編 200元
3. 原地簡化太極拳24式 胡啟賢創編 200元
4. 原地太極拳12式 胡啟賢創編 200元
5. 原地青少年太極拳22式 胡啟賢創編 200元

・道學文化・大展編號12

1. 道在養生：道教長壽術 郝勤 等著 250元
2. 龍虎丹道：道教內丹術 郝勤 著 300元
3. 天上人間：道教神仙譜系 黃德海著 250元
4. 步罡踏斗：道教祭禮儀典 張澤洪著 250元
5. 道醫窺秘：道教醫學康復術 王慶餘等著 250元
6. 勸善成仙：道教生命倫理 李 剛著 250元
7. 洞天福地：道教宮觀勝境 沙銘壽著 250元
8. 青詞碧簫：道教文學藝術 楊光文等著 250元
9. 沈博絕麗：道教格言精粹 朱耕發等著 250元

・易學智慧・大展編號122

1. 易學與管理 余敦康主編 250元
2. 易學與養生 劉長林等著 300元
3. 易學與美學 劉綱紀等著 300元
4. 易學與科技 董光壁著 280元
5. 易學與建築 韓增祿著 280元
6. 易學源流 鄭萬耕著 280元
7. 易學的思維 傅雲龍等著 250元

8. 周易與易圖	李　申著	250元
9. 中國佛教與周易	王仲堯著	元

・神 算 大 師・大展編號123

1. 劉伯溫神算兵法	應　涵編著	280元
2. 姜太公神算兵法	應　涵編著	280元
3. 鬼谷子神算兵法	應　涵編著	280元
4. 諸葛亮神算兵法	應　涵編著	280元

・秘傳占卜系列・大展編號14

1. 手相術	淺野八郎著	180元
2. 人相術	淺野八郎著	180元
3. 西洋占星術	淺野八郎著	180元
4. 中國神奇占卜	淺野八郎著	150元
5. 夢判斷	淺野八郎著	150元
6. 前世、來世占卜	淺野八郎著	150元
7. 法國式血型學	淺野八郎著	150元
8. 靈感、符咒學	淺野八郎著	150元
9. 紙牌占卜術	淺野八郎著	150元
10. ESP超能力占卜	淺野八郎著	150元
11. 猶太數的秘術	淺野八郎著	150元
12. 新心理測驗	淺野八郎著	160元
13. 塔羅牌預言秘法	淺野八郎著	200元

・趣味心理講座・大展編號15

1. 性格測驗（1）探索男與女	淺野八郎著	140元
2. 性格測驗（2）透視人心奧秘	淺野八郎著	140元
3. 性格測驗（3）發現陌生的自己	淺野八郎著	140元
4. 性格測驗（4）發現你的真面目	淺野八郎著	140元
5. 性格測驗（5）讓你們吃驚	淺野八郎著	140元
6. 性格測驗（6）洞穿心理盲點	淺野八郎著	140元
7. 性格測驗（7）探索對方心理	淺野八郎著	140元
8. 性格測驗（8）由吃認識自己	淺野八郎著	160元
9. 性格測驗（9）戀愛知多少	淺野八郎著	160元
10. 性格測驗（10）由裝扮瞭解人心	淺野八郎著	160元
11. 性格測驗（11）敲開內心玄機	淺野八郎著	140元
12. 性格測驗（12）透視你的未來	淺野八郎著	160元
13. 血型與你的一生	淺野八郎著	160元
14. 趣味推理遊戲	淺野八郎著	160元
15. 行為語言解析	淺野八郎著	160元

國家圖書館出版品預行編目資料

飛天二十面相／江戶川亂步著；施聖茹譯
--－初版－臺北市，品冠文化，2003〔民92〕
面；21公分 ── （少年偵探；25）
譯自：空飛ぶ二十面相
ISBN 957-468-238-2（精裝）

861.59　　92010578

版權仲介：京王文化事業有限公司

少年偵探25　**飛天二十面相**　ISBN 957-468-238-2

著　　者／江戶川亂步
譯　　者／施　聖　茹
發 行 人／蔡　孟　甫
出 版 者／品冠文化出版社
社　　址／台北市北投區（石牌）致遠一路2段12巷1號
電　　話／(02) 28233123・28236031・28236033
傳　　真／(02) 28272069
郵政劃撥／19346241
網　　址／www.dah-jaan.com.tw
E－mail／dah_jaan @pchome.com.tw
登 記 證／北市建一字第227242號
區域經銷／千淞圖書有限公司
地　　址／台北縣泰山鄉楓江路86巷21號
電　　話／(02)29007288
承 印 者／國順文具印刷行
裝　　訂／源太裝訂實業有限公司
排 版 者／千兵企業有限公司
初版1刷／2003年（民92年）9月

~~定　價／300元~~
特　價／230元

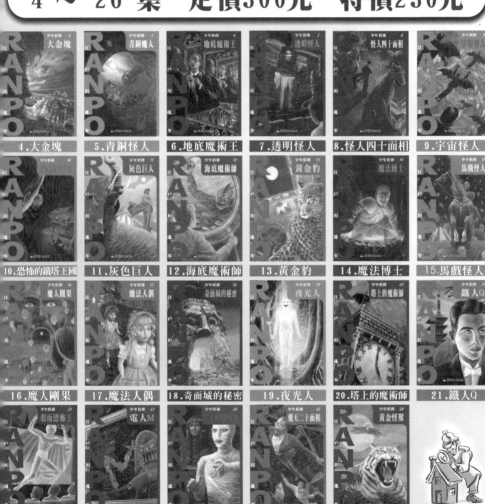